AF204212

Harald J. Krueger

Papas Eskapaden

für Wiebke

Harald J. Krueger

Papas Eskapaden

Roman

1. Fassung

©2018 Harald J. Krueger   www.haraldjkrueger.de

Titelbild Aquarell von Wiebke Krüger

Autorenfoto von Alla Sommermeier   www.alla-sommermeier.de/

ISBN
978-3-7469-5912-2 (Paperback)
978-3-7469-5913-9 (Hardcover)
978-3-7469-5914-6 (E-Book)

1

Seit seiner Pensionierung vor 121 Tagen begannen für Hans Tietge ereignisarme Wochenenden bereits am Montag. Das änderte nichts am täglichen Morgenritual. Nach dem Frühstück mit Radionachrichten schaltete er immer das Smartphone ein. Das Startprogramm lud stets als erstes den Tagesterminplan aus dem Internet. Allerdings drängelten sich nur noch selten Einträge in dem Stundenplan. Die üppige Leere verhieß Rast und Muße. Bei zuviel Rast droht Rost. Den fürchtete der unerfahrene Ruheständler. Wohingegen es bei reichlich Muße am Müssen mangelt. Deshalb suchte er neue Aufgaben, um nicht einzurosten.

Heute, am Freitag, den 29. April 2016, stutzte er über das Tagesmotto:

Geb. Fr. Schröder

Hans Tietge übersetzte die Abkürzungen:

Fräulein Schröder hat Geburtstag.

Ihn überraschte nicht nur, dass überhaupt etwas im Tagesplan auftauchte, sondern das ›Fr.‹. Das stände an sich für ›Frau‹. Dass es sich gewiss um das Fräulein Schröder handelte, bezweifelte er nicht. Immerhin hatte sie sich dreißig Jahre für ihn als Sekretärin aufgeopfert. Seit rund sechzig Jahren wiederholte sich Ende April ihr Ehrentag. Seit der Firmenübernahme diente die Perle seinem Sohn Lars. Normalerweise hätte Papa telefonisch gratuliert, zumal er sich auf Lars` Bitte Bürobesuche möglichst verkneifen sollte. Unter diesen Umständen begründete allerdings die unklare Lage, persönlich zu prüfen, ob sich die alte Jungfer doch noch vermählt hatte.

Den Himmel über Hamburg bedeckte eine graue Wolkenschicht. Sie hielt das Wasser. Mit dünnem Regenmantel ohne Regenschirm marschierte er los. Für den Fußweg von seiner Wohnung in der Dorotheenstraße bis zur Firma in der Gertigstraße brauchte er nach wie vor eine Viertelstunde, auch wenn er nicht mehr im täglichen Training stand.

Das Messingschild am Eingang glänzte neu. Das alte war in fünfunddreißig Jahren stumpf geputzt worden. Statt

> Steuerberater Hans Tietge

war jetzt

> Steuerberater Lars Tietge

eingraviert.

Ansonsten fielen dem Senior keine Veränderungen auf. Fräulein Schröder saß an ihrem angestammten Platz und strahlte ihren ehemaligen Chef an. Er fokussierte seinen Blick auf ihre Finger. Sie waren unberingt. Erst beim Gratulieren bemerkte er, dass kein Blumenstrauß den Schreibtisch schmückte.

»Wo haben Sie Ihren Geburtstagstrauß versteckt?«

Sie kniff die ohnehin schmalen Lippen zusammen, schloss die Augen und wisperte: »Der wurde abgeschafft.«

Er schämte sich seiner leeren Hände. *Was für eine missachtende Undankbarkeit!*

Aus dem Chefzimmer stöckelte Frau Warnke, eine langjährige Mitarbeiterin: »Oh, Hallo Herr Tietge.« An die Sekretärin gewandt sagte sie: »Ingrid, bringst du bitte Lars die Akte ›Dorman‹.«

Der Pensionär schnappte nach Luft und verabschiedete sich.

Draußen nieselte es. Auf dem Heimweg wog er ab, was ihn mehr ent-
setzte. Der gestrichene Geburtstagstrauß oder das Duzen. Letzteres
ließe sich schwerlich zurückdrehen. Lars duldete offenbar, selbst
geduzt zu werden. Papa schüttelte vor Missfallen den Kopf.

Beim Mittagessen im Sushi-Express im Mühlenkamp beschloss der
Entrüstete, Fräulein Schröder nachmittags einen Blumenstrauß auf
den Schreibtisch zu stellen. Auf dem Weg zur Firma erwarb er einen
fertiggebundenen und verpackten Strauß bunter Tulpen mit grünem
Spargelkraut. Trotz der transparenten Plastikumwickelung bekam
er feuchte Finger. Er hatte gehofft, die Verpackung würde das ver-
hindern. Jetzt befürchtete er fauligen Geruch an der Hand.

Fast hätte er sich den Kopf an der abgeschlossenen Bürotür
gestoßen. Verwundert drückte er den Klingelknopf. Das Schellen
hörte er zwar, es öffnete nur niemand. Ebenso bewirkte Klopfen und
Hämmern nichts außer Lärm. Damit hatte er nicht gerechnet. Seine
Armbanduhr zeigte 14:45 Uhr an. Letztes Jahr endeten die Büro-
stunden auch am Freitag um 17:00 Uhr. Kopfschüttelnd stand er mit
den Tulpen vor dem abgesperrten Büro.

Den Gedanken, sie mit nach Hause zu nehmen, verwarf er sofort.
Seit Anna, seine Frau, vor sechzehn Jahren nicht aus dem Urlaub
zurückgekehrt war, hielt er die Wohnung blumenfrei. Früher hatten
oft dekorative Pflanzen die Zimmer geschmückt, mitunter sogar
beduftet. Jetzt verzichtete er wegen des Geruchs beim Entsorgen
darauf.

Er entschied sich, Fräulein Schröder den Strauß nach Hause zu
bringen. Seines Wissens wohnte sie fußläufig entfernt. Das Smartphone verriet ihm ihre Adresse und den kürzesten Weg dorthin.

Leider warnte das allwissende Kästchen nicht vor dem heftigen Regenschauer. Da der nicht vorhergesagt war, hatte Hans Tietge keinen Schirm mitgenommen. In der Jarrestraße triefte sein graues Resthaar. Bei Nummer siebenundvierzig las er auf einem der zahlreichen Namensschildchen neben den Klingelknöpfen ›Schröder‹. Die Haustür lehnte an. Einen Fahrstuhl gab es nicht. Im Treppenhaus wetteiferten die Gerüche Kohl gegen Bohnerwachs. Aus der Schröderwohnung im dritten Stock dröhnte ein Staubsauger. Der verstummte nach dem Schellen. Die Tür öffnete sich. Die Frau im karierten Kittelkleid mit enggeschnürtem Kopftuch erkannte er nur als Fräulein Schröder, weil sie ihn, wenn auch überrascht, mit vertrauter Stimme begrüßte. Er überreichte ihr die Blumen. Sie bedankte sich und bedauerte:»Das passt mir jetzt leider gar nicht.«

Er strich sich das nasse Haar nach hinten und wischte sich die buschigen Augenbrauen trocken.

»Oh, Sie sind ja klitschnass geworden. Dann kommen Sie einen Moment herein.«

Sie standen wortlos im schmalen Flur. Der Staubsauger hielt die Tür ins Schlafzimmer offen. Die Bettdecke war aufgeschlagen. Ein züchtiges Nachthemd lag zerknautscht am Fußende.

Er brach das verlegene Schweigen:»Ist das Büro freitagnachmittags jetzt immer geschlossen?«

»Ja, aber wir arbeiten dafür von Montag bis Donnerstag länger.«

Er verbot sich, das zu kommentieren, und hoffte, dass seine Miene kein Missfallen verriet.»Na, da können Sie ja nun freitags den ganzen Nachmittag putzen.«

Sie schnaubte:»Mir war es vorher lieber. Da machte ich jeden Tag nach der Arbeit ein bisschen sauber. Jetzt komme ich so spät nach Hause, dass ich dafür zu schlapp bin und freitags alles machen muss. Das ist viel anstrengender.«

»Das kann ich mir vorstellen. Sie werden ja auch nicht jünger.«

8

Sie presste die Lippen, bis sie verschwanden, und nickte kaum erkennbar.

Er fragte:»Wissen Sie, warum heute in meinem Terminplan ›Fr.‹ statt ›Frl. Schröder‹ steht?«

Sie errötete und druckste:»Ihr Kalender ist mit dem des Büros verbunden. Dort habe ich mir erlaubt, das ›Frl.‹ in ›Fr.‹ zu ändern.«

»Aber wieso das denn?«

Sie holte tief Luft:»Sie waren der Letzte, der mich so anredete. Man benutzt seit Jahrzehnten nicht mehr Fräulein als Anrede.« Sie schlug die Augen nieder.

»Das hätten Sie mir längst sagen können. Ich soll Sie also lieber mit Frau ansprechen.«

Sie nickte:»Aber nur, wenn es Ihnen nichts ausmacht.«

»Ich werde mir Mühe geben, *Frau* Schröder.« Er wandte sich zur Tür.

»Leider kann ich Sie nicht gebührend empfangen. Nachher erwarte ich eine Nachbarin zum Geburtstagskaffee. Dafür habe ich aller Hand vorzubereiten, und adrett angezogen bin ich auch noch nicht.«

»Dann will ich Sie nicht weiter aufhalten. Entschuldigen Sie die Störung. Feiern Sie schön!«

»Vielen Dank für die Blumen. Das ist ganz rührend von Ihnen.«

Auf dem Nachhauseweg goss es anfangs weiterhin ergiebig. Das brachte die Wut über den Sittenverfall im Büro zum Überlaufen. In der Gertigstraße verminderte sich der Niederschlag langsam in seichten Dauerregen. Die Empörung köchelte auf kleinerer Flamme. In der Dorotheenstraße kurz vor seiner Wohnung tröpfelten nur noch die Bäume. Sein Groll war weichgespült. Darum griff er nicht sofort zum Telefon, um Lars anzublaffen, sondern fragte per E-Mail: Wann kannst Du am Wochenende vorbeikommen? Habe einige Fragen.

Damit sie nicht durch Enkel und Schwiegertochter gestört würden, bevorzugte er seine Wohnung als Austragungsort. Wenig später traf die Zusage ein:

`Bin Samstag gegen 11:00 bei Dir.`

2

Am Samstag tigerte Hans Tietge fünf Minuten vor 11 Uhr ungeduldig durch die Zimmer. Zehn nach 11 grübelte er über mögliche Erziehungsfehler für Lars` Unpünktlichkeit. Das vorbildliche Elternhaus schloss er aus. Um 11:18 Uhr klingelte es an der Wohnungstür. Papa öffnete und grüßte: »Ich wollte dich just als vermisst melden und eine Suchaktion starten.«

Lars kannte das und grinste nur. Papa verging das Grinsen wegen des neonfarbenen gelbgrünen T-Shirts und der knapp knielangen lila Turnhose mit Seitenstreifen und Raubtieremblem auf einem Bein. »Schreibt der Deutsche Sportbund für Stadtjogger diesen peinlichen Dress Code vor?«

»Ja, aber nur für die Hamburger Außenalster.«

»Du hast allerdings die Altersbeschränkung ›nur für Minderjährige‹ missachtet.«

»Die wurde bereits 1969, zehn Jahre vor meiner Geburt, ersatzlos gestrichen. Wolltest du sonst noch etwas mit mir besprechen?«

»Ja, komm rein. Ein Glück, dass du noch trocken bist.«

»Ich hoffe, du hältst mich nicht zu lange auf, sodass ich mich danach nass joggen kann.«

Auf dem Weg ins Wohnzimmer fragte Papa: »Warum hat Fräulein Schröder gestern keine Blumen zum Geburtstag bekommen?«

»Was geht es dich an?«

»Zu meiner Zeit bekamen die Mitarbeiter immer einen Geburtstagsstrauß.«

»Diese Tradition wurde vor einigen Wochen abgeschafft.«

»Weshalb? Das war doch ein netter Brauch.«

»Du weißt, die Mehrheit der zehn Angestellten sind Frauen. Die meisten von ihnen haben ein vermeintlich unerwünschtes Alter erreicht. Das wollten sie nicht jedes Jahr für alle sichtbar mit Blumen feiern.«

»Ja, wenn die das so sehen. Schade ist es trotzdem.«

Lars zuckte mit den Schultern.

»Warum ist das Büro am Freitagnachmittag geschlossen?«

»Was kümmert es dich?«

»Entschuldige, dass ich mich für die Firma interessiere, die ich aufgebaut und dir vor kurzem übergeben habe.«

Lars holte tief Luft:»Wir haben ab Februar die Gleitzeit eingeführt. Das haben sich alle gewünscht. Im Laufe der Wochen verschoben sich die Freitagnachmittagsstunden auf Montag bis Donnerstag.«

»Was sagen die Mandanten dazu?«

»Viele arbeiten auch nicht am Freitagnachmittag. Für dringende Fälle habe ich allen meine Mobilfunknummer gegeben.«

»Haben sie das akzeptiert?«

»Gemeckert hat keiner. Einige begrüßten, die Nummer zu kennen.«

»Bekommst du nun störende Anrufe zu unpassenden Zeiten?«

»Ich kann mich nicht beklagen, schon gar nicht, wenn Kunden mit Aufträgen drohen. Außerdem sind die Geräte abschaltbar.«

»Aber eine weitere Neuerung ist kaum wieder abschaltbar.«

Lars schaute seinen Vater fragend an.

»Ich meine das Duzen. Entschied das auch die Mehrheit?«

Er schüttelte den Kopf:»Das muss natürlich jeder für sich entscheiden. Mir war aufgefallen, dass sich alle per du mit Vornamen ansprachen. Deshalb reihte ich mich ein. Das kannte ich aus meiner Zeit bei der vorherigen Kanzlei. In vielen Firmen ist das heutzutage üblich.«

Papa seufzte:»Leidet dadurch nicht der Respekt dir gegenüber?«

»Bisher ist niemand frech geworden. Alle arbeiten exakt und speditiv, wie die Schweizer sagen. Du brauchst dir wirklich keine Sorgen um den Betrieb machen. Ich mache mir allerdings Sorgen um dich.«

»Wieso das denn?«, brauste Papa auf.

»Nach deiner Pensionierung tauchtest du anfangs fast jeden Tag in der Firma auf. Deshalb bat ich dich, das zu unterlassen und dir neue Aufgaben zu suchen.«

»Ich habe seit dem nur einmal kurz reingeschaut.«

»Ja, aber irgendwie mischst du dich immer noch ein.«

»Stimmt doch gar nicht!«

»Na, deine Fragen eben erwecken bei mir schon den Eindruck. So war das nicht abgemacht.«

Papa schwieg mit finsterer Miene. Lars hatte nicht ganz unrecht. Sie hatten lange über Sohnemanns Eintritt und Papas Austritt gesprochen. Dabei hatten sie vereinbart, keine Palastrevolution vorher und keine Einmischung oder gar Verlängerung nachher.

Lars fuhr fort: »Du hast offenbar noch kein neues Betätigungsfeld gefunden.«

»Leider nicht. Das ist gar nicht so einfach. Das hatte ich mir viel leichter vorgestellt.«, murrte er.

»Du hast ja auch jahrzehntelang nur gearbeitet und dir für Hobbys und Sport keine Zeit genommen, noch nicht einmal für die Familie.«

Papa schnaubte: »Und jetzt hast du den Nutzen und ich habe das Nachsehen.«

»Freu dich, dass du körperlich, geistig und finanziell in der Lage bist, Neues anzupacken. Du könntest es dir ja auch mal ein bisschen gemütlich machen.«

Papa schwieg und nickte mit gesenktem Blick.

Lars wartete. Er kannte diese minutenlange Sprachlosigkeit seiner Eltern seit seiner Kindheit. Schließlich stand er auf: »Ich muss jetzt los, sonst komme ich zu spät zum Mittagessen.«

»Grüße Frau und Kind.«, rief er dem Hinausjoggenden hinterher.

3

Das restliche Wochenende räumte Hans Tietge weiter um und auf.
Damit beschäftigte er sich seit Januar. Im Keller hatte er angefan-
gen. Ausrangierte Möbel und reparaturbedürftige Geräte lagerten
dort seit Jahren nur, weil der Platz da war. Nun entrümpelte er
erbarmungslos. Den Freiraum belegte er mit Entbehrlichem und
Unnützem aus der Wohnung. Viele Aktenordner mit persönlicher
Ablage, nie benutzte Küchenwerkzeuge und selten aufgestellte
Dekorationen wanderten in die leeren Kellerregale. Die Aktion war
in dem an sich ordentlichen Haushalt seit Jahren aufgeschoben
worden, weil es Dringenderes zu erledigen galt. Am Sonntagnach-
mittag strich er durch die Vierzimmerwohnung und fand nichts Ver-
besserungswürdiges. Grübelnd setzte er sich an seinen Schreibtisch
in Lars` ehemaligem Kinderzimmer. Er freute sich. Das Werk war
vollbracht. Gleichzeitig bedauerte er, dass er nicht wusste, was er ab
Montag anstellen sollte. Davor fürchtete er sich. Schon immer
brauchte er morgens beim Aufwachen zu erledigende Aufgaben, um
aufzustehen. Ohne imaginäre To-do-Liste drohte Langweile, der
Nährboden für Depression. Bislang hatte er vermieden, den Wahr-
heitsgehalt dieser Theorie zu prüfen. Der Gedanke, mit Anna, der
Dauerurlauberin, wäre er sorgenfreier, erschien ihm zu hypothe-
tisch.

Sein Blick fiel auf den offenen Karteikasten neben dem Festnetztele-
fon. Zwischen den Buchstabenreitern steckten Visitenkarten. Taten-
durstig flöhte er die Sammlung vieler Jahrzehnte durch. Karteilei-
chen beerdigte er sofort im Papierkorb. Die meisten stellte er wieder
hinein. Ein Kärtchen erregte seine Aufmerksamkeit. Es war
merkwürdigerweise nicht alphabetisch beim Namen platziert, sondern bei ›St‹, vermutlich weil unten dem Namen, Kurt Knudsen,

›Steuerberater‹ stand. An den Namen und die Adresse erinnerte er sich nicht. Da keine Website und E-Mailanschrift aufgedruckt waren, schlummerte der Pappkamerad schon eine Ewigkeit in der Sammlung. Im Internet fand er ihn sofort. Auf dessen Homepage entdeckte er einen Hinweis auf Aktivitäten für die Hamburger Steuerberaterkammer. Hans Tietge schwante, um wen es sich handelte. Vor fünfunddreißig Jahren hatte er sich selbstständig gemacht. Dadurch wurde er Zwangsmitglied der Kammer. Sie schröpfte ihn nicht nur mit Kammerbeiträgen, sondern bot auch Informationsabende an. Damals besuchte er sie zum Thema ›Selbstständigmachen‹. Diese unerwartet launigen Referate hielt Herr Knudsen. Der war zwar mit neunundzwanzig zwei Jahre jünger als er, hatte aber vier Jahre Vorsprung mit der Selbstständigkeit. Als völlig nutzlos hatte er die Vorträge nicht in Erinnerung.

Er fragte sich, ob Herr Knudsen ihm auch in seiner aktuellen Lage helfen könnte. Am Montag wollte er mit ihm telefonieren. Da heutzutage spontane Anrufe von vielen als Belästigung empfunden werden, nicht zuletzt wegen der unerwünschten Telefonverkäufer, kündigte er sich per E-Mail an:

Hallo Herr Kollege,
Gern würde ich Sie am Montag, den 2. Mai 2016, um 10:00 Uhr anrufen. Bei Unpässlichkeit schlagen Sie bitte eine Alternative vor. Keine Sorge, ich will Sie weder anpumpen, noch Ihnen etwas aufschwatzen.
MfG
Hans Tietge

4

Am Montagmorgen e-mailte Herr Knudsen:

```
Hallo Herr Kollege,
Ich werde Sie zwischen 10:30 und 11:00 Uhr
anrufen.
MfG
Kurt Knudsen
```

Um 10:45 kam das fernmündliche Gespräch zustande. Nach der Begrüßung schleimte Hans Tietge:»Ihre Vorträge zum Selbstständigmachen waren damals, vor fünfunddreißig Jahren, sehr nützlich für mich.«

»Diese Infoabende veranstaltet die Steuerberaterkammer nach wie vor.«

»Sind Sie noch aktiv für die Kammer tätig?«

»Ja, allerdings nicht hauptberuflich. Ich bin Mitglied des Verwaltungsrates. Vorträge halte ich schon lange nicht mehr.«

»Könnten Sie mich trotzdem noch einmal unterstützen, diesmal beim Berufsausstieg?« Da Herr Knudsen schwieg, fuhr er fort:»Ich brauche die Namen von Kollegen, die vor Kurzem aufgehört haben oder demnächst aufhören werden.«

»Was haben Sie vor?«

»Ich vermute, dass viele von ihnen das gleiche Problem haben, und hoffe, dass einige bereits Lösungen gefunden haben.«

»Welches Problem?«

»Womit beschäftige ich mich künftig den lieben langen Tag?«

»Verstehe. Gute Idee. Ich befürchte, dass der Datenschutz das verbietet.«

»Deshalb wende ich mich auch nicht direkt und offiziell an die Kammer. Heute wird man vorsichtshalber vor seinen eigenen Daten geschützt, während hackende Spitzbuben damit ungehemmt Schindluder betreiben.«

Herr Knudsen lachte: »Da ist etwas dran. Ich denke darüber nach und melde mich wieder bei Ihnen.«

»Ich brauche nur die Namen, idealerweise mit E-Mail-Adressen, vom Baujahr 1950 plus, minus ein Jahr. Quelle und Überbringer werde ich nie preisgeben. Darauf gebe ich Ihnen mein großes Kohl-Ehrenwort.«

»Sie hören von mir in ein paar Tagen.«

Hoffnungsfroh schlenderte Hans Tietge durch die Wohnung und rieb sich die Hände. Später ermahnte er sich, dass die Zusage, sich wieder zu melden, nicht viel versprach.

5

Zwei Tage später, am Mittwochvormittag, rief Herr Knudsen an und fragte:»Können Sie eine Exceltabelle von einem USB-Speicherstick auf Ihrem Computer öffnen und damit umgehen?«
»Das war mein täglich Brot.«
»Können Sie mit einem jungfräulichen Speicherstick zu mir ins Büro kommen?«
»Wann passt es Ihnen am besten?«
»Heute Viertel nach fünf wäre optimal.«
»Ist Hegestraße 27 noch richtig?«
»Hochparterre rechts.«

Beglückt trommelte Hans Tietge mit den Fingern auf dem Schreibtisch und fragte sich, ob er einen leeren USB-Speicherstick vorrätig hatte. Im Büro hätte Fräulein Schröder ihm sofort einen gegeben, auch wenn sie jetzt mit Frau betitelt werden wollte. Er fand einen in der Muskiste. So nannte er den flachen Holzkasten, in dem er Kleinteile sammelte, die sich mal als nützlich erweisen könnten. Den Memorystecker mit einem rätselhaften Firmenlogo hatte er vor Jahren als Werbegeschenk überreicht bekommen. Die gespeicherte Reklamedatei löschte er mit wenigen Mausklicken.

Knudsens Büro schmückten gerahmte Hamburgposter, Hafen mit Michel, Alster mit Rathaus. Auf dem Schreibtisch stand neben dem Bildschirm ein in die Jahre gekommenes Foto mit Frau und Tochter. Zur Begrüßung tauschten sie Visitenkarten aus. Hans Tietge opferte eine alte aus seinem Firmenrestbestand. Neue private wollte er sich erst bei Bedarf anfertigen lassen. Kurt Knudsen stöpselte den Speicherstecker in den PC und überzeugte sich, dass er leer war. Dann kopierte er eine Exceldatei darauf. Beim Überreichen stand er auf und sagte: »Warten Sie bitte einen Moment. Ich muss nur meinem besten Freund kurz die Hand geben und bin gleich zurück.«

Papa ermahnte ihn: »Danach aber ordentlich abschütteln und Hände waschen!«

Erst blieb er geduldig sitzen. Dann trat er ans Fenster und schaute in den Hinterhof. Dort quetschten sich verschiedenfarbige Mülltonnen zwischen dunkle Mittelklasseautos. Nach zwei Minuten kehrte der Hausherr zurück und erklärte: »In der Tabelle werden Sie mehr finden, als Sie wollten. Wie Sie an die Daten gekommen sind, ist mir schleierhaft, von mir jedenfalls nicht.«

»Das stimmt, vielen Dank für den freundlichen Empfang.«

Auf dem Nachhauseweg kam er zu dem Schluss, dass die fingierte Pinkelpause nur dazu diente, einem etwaigen Beobachter eine Gelegenheit vorzutäuschen, in der er unbemerkt die Datei hätte kopieren können. *Was für ein Schisser! Als ob ich eine Rentnerterrorzelle für den Heiligen Krieg gegen die Finanzbehörde gründen will.*

Zuhause lud er die Daten auf seinen PC. Die Menge überraschte ihn. Mit so vielen Beratern hatte er nicht gerechnet. Es waren die Namen mit Adressen, Geburtsjahr und E-Mailanschriften sowie das Eintrittsdatum und gegebenenfalls Austrittsdatum gespeichert. Dann entdeckte er den Grund. Die Tabelle enthielt alle vor 1952 geborenen Mitglieder der Hamburger Steuerberaterkammer. Hans Tietge löschte die Datensätze der über siebenundsechzig Jahre alten Kollegen. Vom Rest eliminierte er die bereits vor zwei Jahren ausgetretenen. Es blieben fünf Frauen und zehn Männer, einschließlich seiner selbst. Drei Kandidaten kannte er persönlich. Vom Rest war ihm keiner als Unsympath in Erinnerung. Die Ausbeute war überschaubar und vielversprechend. Er leckte sich vor Freude die Lippen.

6

Da es noch vor 19 Uhr war, rief er Herrn Malzahn an. Der allzeit emsige Bierbrauermeister hatte sich vor einigen Jahren selbstständig gemacht. Für die kleine Privatbrauerei mit Schankbetrieb hatte er jemand für Buchführung und Steuern gesucht und war zum treuen Mandanten geworden. Mehrfach hatte er Papa eingeladen, sich den Betrieb anzuschauen und seine Kreationen zu probieren. Aus zwei Gründen hatte Herr Tietge das bislang abgelehnt. Erstens bevorzugte er Rotwein. Beim Biergeschmack musste er sich meistens schütteln. Zweitens vermied er möglichst allzu persönliche Kontakte mit Kunden. Daraus könnten Interessenkonflikte gären.

Nach der Begrüßung kam er wie immer sofort auf den Punkt:»Gilt Ihre Einladung zur Brauereibesichtigung mit Bierprobe noch?«

»Wann wollen Sie kommen?«

»Am liebsten samstags in ein, zwei Wochen am späten Nachmittag.«

»Am Sonnabend in der nächsten Woche ist Pfingsten. Da bin ich ausgebucht.«

»Wie sieht es eine Woche danach aus?«

»Das wäre der 21. Mai um 17 Uhr. Ich schaue mal in den Kalender. Ja das passt gut.«

»Darf ich einige Kollegen mitbringen?«

»Wenn es keine Hundertschaften sind.«

»Ich lade vierzehn ein. Ein paar werden absagen. Manche dürfen vielleicht nur mit Begleitung teilnehmen.«

»Gibt es einen Anlass für Ihren Besuch?«

»Ich gebe meinen Ausstand aus der Innung.«, log er.

»Dafür drängt sich die Pichelstube auf, ideal für geschlossene Gesellschaften. «

»Können wir dort auch Ihre verwegenen Hausmacherbiere probieren?«

»Am besten schmeckt dazu meine hanseatische Brotzeit.«

Hans Tietge lachte:»Sind das mit totem Fisch belegte Stullen?«

»Ich reserviere die Kammer und stelle mich auf fünfzehn Personen ein. Sie halten mich auf dem Laufenden, wenn sich etwas ändert.«

»Wieso Kammer?«

»Sorry, so nennen wir intern die Pichelstube. Ich freue mich, dass Sie meinen Betrieb doch noch besuchen werden, und wünsche Ihnen morgen einen schönen Feiertag.«

Im ersten Augenblick wollte er fragen, was gefeiert werden sollte. Dann erinnerte er sich an Himmelfahrt und erwiderte:»Am Vatertag schäumt bei Ihnen wahrscheinlich die Schänke über. Haben Frauen an dem Tag überhaupt Zutritt?«

»Nur in männlicher Begleitung.«, feixte der Biermacher.

Im Laufe des Abends dachte Papa noch mehrmals an den vergessenen Feiertag. Dem Pensionär wurde sein Abstand zum werktätigen Alltag bewusst.

Am Donnerstag e-mailte Hans Tietge die Einladungen:

Du gehörst zu den Auserlesenen, die ich zu einem außergewöhnlichen Treffen einlade. Das ›Du‹ erlaube ich mir, da wir alle (15) reife Steuerberater sind, und das Fest einen reinprivaten Charakter hat.
Am Samstag, den 21. Mai 2016, um 17:00 Uhr will ich mit Euch meinen Ausstieg vom Berufsleben feiern. Dafür bietet Herr Malzahn, ein Mandant, die Räumlichkeiten seiner Privatbrauerei Elbbräu an.
Friedensallee 50, in Hamburg-Altona
Nach der Besichtigung der Produktionsanlage werden wir seine neuen Biersorten in der für uns reservierten Pichelstube probieren. Dazu wird er uns eine hanseatische Brotzeit servieren.

Ich freue mich auf einen gemütlichen Klönschnack mit Euch.

Hans Tietge

PS. Aus organisatorischen Gründen, meldet Euch bitte bei mir an oder ab. Seid nicht enttäuscht, weil uns nichts angedreht oder aufgeschwatzt werden wird. Parkplätze gibt es genügend.
Achtung, Herr Malzahn braut kein alkoholfreies Bier!

Als der Gesendet-Ordner vierzehn E-Mails enthielt, stülpte Hans Tietge zufrieden und erwartungsfroh die Lippen. Zum Duzen hatte er sich durchgerungen. Lars hatte ihm das in der Kanzlei vorgemacht. Außerdem entfiel dadurch gegebenenfalls später das mitunter steife Ritual, zumal auch Frauen teilnahmen. Von der Anwesenheit der Beraterinnen erhoffte er sich, dass bei bierlaunigen Witzen im Laufe des Abends das Reinheitsgebot eingehalten würde.

Am selben Tag reagierte keiner, am Freitag und am Wochenende nur wenige. Das erklärte er sich damit, dass sich offenbar viele einen viertägigen Urlaub gegönnt hatten. Bis Montagabend meldete sich der Rest. Alle bedankten sich für die Einladung. Zwei Frauen beschrieben wortreich, also vermutlich geflunkert, warum sie nicht teilnehmen konnten. Drei Männer bedauerten einsilbig, absagen zu müssen. Hans Tietge freute sich auf neun Gäste.

Die eingeladenen Kollegen trafen vollzählig und pünktlich ein. Da sich die meisten nicht kannten, die Vornamen schon gar nicht, bekam jeder ein Schildchen mit dem Vornamen an einer Kordel um den Hals gehenkt.

Herr Malzahn, der Bierbrauermeister, führte sie routiniert durch die rohrreiche Halle mit Kupferkesseln und Edelstahltanks. Die sonst laut klappernde und zischende Abfüllanlage ruhte zum Glück. Das ersparte ihm, seine Erklärungen zu brüllen. Der Rundgang endete in der Pichelstube, ein geräumiger Nebenraum der öffentlichen Brauereischänke. Dort setzten sie sich auf klassische Bistrostühle an zusammengeschobenen Holztischen. Bunte Elbbräuplakate, die wie gemalt aussahen, schmückten die Wände. Vor jedem Platz standen drei Bierflaschen mit Gläsern und einem Reklameflaschenöffner. Die Gäste ergriffen die Flaschen und studierten die handschriftlich anmutenden Etiketten. Hans Tietge las ›Elbhopfen‹, ›Elbmalz‹ und ›Elbjauchhe‹. Bei dem letzten stutzte er und entdeckte, dass das ›a‹ zart durchgestrichen war, als ob sich jemand verschrieben hätte. ›Elbjuchhe‹ lockte ihn am meisten. Er bekam es wie immer nur mit Mühe herunter. Für ihn schmeckte Bier nach saurer Kotze. Um ihn herum wurde inzwischen munter gekostet. Viele lobten die Kreationen und erkoren ihren persönlichen Gewinner. Einige bezeichneten manche Geschmäcker als interessant, die höfliche Version von ungenießbar. Bald saßen sie auf dem Trockenen und bestellten ihren Favoriten. Dazu wurden belegte Brote auf Holzbrettern serviert.

Nach dem Essen wurde weiter Bier gebechert. Eine propere Kellnerin mit weißer Bluse und schwarzer Halbschürze über der engen Jeans nahm die Bestellungen auf und schleppte volle Humpen herbei. Die Stimmung stieg und damit der Geräuschpegel. Hans Tietge tauschte mehrmals die Plätze, um mit jedem direkt in normaler Lautstärke zu sprechen. Dabei erkundigte er sich beiläufig, womit sich die Pensionäre jetzt beschäftigten, oder, wenn es demnächst so weit sein würde, was sie vorhatten. Die Bandbreite der Antworten überraschte ihn. Eine unerfahrene Rentnerin erwiderte, dass sie darüber nicht nachgedacht habe. Bei ihr im Haushalt gäbe es genug zu tun. Das hatte Papa zunächst auch angenommen. Bis das Projekt ›entrümpeln und aufräumen‹ abgeschlossen war und ihm die Bürobesuche untersagt worden waren. Das andere Extrem schilderte Paul, ein erwartungsfroher Pensionist. Dann könne er sich ehrenamtlich nicht nur samstags, sondern ganzwöchentlich im Hospiz engagieren. So viel Nächstenliebe traute sich der Interviewer nicht einmal versuchsweise zu. Einige freuten sich, bald häufiger zu golfen. Sport interessierte Hans kaum, derartig regelreicher wie Golf schon gar nicht. Vorschriften hatte er lange genug beachten müssen. Mancherlei Aktivitäten hielt er indes durchaus für erwägenswert. So schwärmte einer, dass er jetzt nach Wetterlage und nicht ausschließlich an Wochenenden wanderte. Sogar mehrtägige Touren seien nun möglich.

Hans Tietge hatte alle Teilnehmer ausgehorcht und war mit den Informationen zufrieden. Das viele Bier trieb ihn zur Toilette. Auf dem Rückweg bezahlte er bei Braumeister Malzahn die kilometerlange Rechnung und vereinbarte, dass weitere Bestellungen jeder selbst zu blechen habe.

Zurück in der Pichelstube klopfte er zwei leere Bierkrüge so lange laut aneinander, bis das feuchtfröhliche Gebrabbel ausklang. Im Stehen verkündete er: »Vielen Dank, dass ihr zu meinem Ausstand gekommen seid. Ich hoffe, es hat euch ebenso gut gefallen wie mir. Ich muss jetzt aufbrechen. Ich habe nur bis 20:30 Uhr Ausgang.« Allgemeines Gelächter unterbrach ihn. Als es abebbte, fuhr er fort: »Ihr könnt gerne bleiben. Die bislang aufgelaufene Zeche habe ich bezahlt. Kommt gut heim.«

Aus dankbarer Begeisterung klatschten einige. Die betrunkeneren hämmerten mit den Humpen auf den Tisch, bis Bier überschwappte und sich Pfützen bildeten.

Die drei Steuerberaterinnen folgten Hans Tietge. Zusammen warteten sie draußen auf die Taxen und schnatterten.

9

Am Sonntagvormittag rekapitulierte Papa, was er am Abend vorher in der Pichelstube erfahren hatte. Aus den Anregungen für mögliche Aktivitäten leitete er eine Hitliste für sich ab. Zufrieden strich er sich das Kinn. Die Investition der vierhundert Euro hatte sich gelohnt. Schnödes Telefonbimmeln riss ihn aus der Vorfreude.

Sein Sohn Lars meldete sich:»Eben hat mich Herr Malzahn angerufen. Eigentlich wollte er dich sprechen, aber er hatte nur die Firmennummer und meine Handynummer. Der Bierbrauer war saurer als sein bitterstes Gesöff.«

»Warum das denn?«

»Das fragst du auch noch! Du hast gestern bei ihm ein Besäufnis veranstaltet, das völlig aus dem Ruder gelaufen ist.«

»Nun mal langsam, als ich ging, war noch alles im Lot. Was soll danach passiert sein?«

»Die Toilette war dermaßen vollgekotzt, dass sie bis zur Sonderreinigung gesperrt werden musste. Die Kellnerin war so begrapscht worden, dass ihre Bluse zerfetzt wurde. Obendrein wurde zum Teil die Zeche geprellt.«

»Das klingt herb. Ich kläre das gleich mit Herrn Malzahn.«

Lars schnaufte:»Du glaubst nicht, wie peinlich mir das ist, zumal ich von nichts wusste. Stimme dich bitte zukünftig mit mir ab, wenn du mit Mandanten Kontakt aufnimmst. Am besten lässt du das. Das ist jetzt meine Angelegenheit.«

»Einverstanden. Ich entschuldige mich bei Herrn Malzahn und kläre, wie ich ihn entschädigen kann.«

»Hoffentlich bleibt er unser Kunde.«

Hans Tietge rief Herrn Malzahn sofort an und erfuhr, dass die Sonderreinigung der Herrentoilette in der Nacht 50 Euro extra gekostet hatte. Paul, der letzte Gast, hatte 11 Euro auf seinem Bierdeckel zu bezahlen. Er wollte der Kellnerin einen Zwanziger in die Bluse stecken. Sie wehrte sich. Er gab nicht auf und riss ihr einen Knopf ab. Daraufhin war der Grapscher, ohne zu löhnen, davongetorkelt. Hans Tietge bedauerte diese Entgleisungen und versprach, 100 Euro für Zeche, Bluse und Klo zu überweisen.

Von Paul, dem Hospizgutmensch, hatte er das am wenigsten erwartet. Er verzichtete, ihn zu rügen. Der schämte sich inzwischen wahrscheinlich wegen seines peinlichen Fehltritts schon genug. Mit einer Strafpredigt würde er sich den Rüpel nur zum ewigen Feind machen.

Den ersten Platz auf der Favoritenliste für künftige Aktivitäten nahm ›wandern‹ ein. Den Stadtmenschen Hans Tietge lockte das Naturerlebnis wie ein exotisches Abenteuer. Seine Erfahrungen beschränkten sich auf Spaziergänge um die Alster und im Urlaub an Stränden. Das Internet überraschte ihn mit vielfältigen Angeboten. Am besten gefiel ihm der Heidschnuckenweg wegen der romantischen Fotos, der detaillierten Wegbeschreibungen und der positiven Beurteilungen. Der beschilderte Pfad von Hamburg nach Celle schlängelte sich über 220 km durch die Lüneburger Heide. Es wurden dreizehn Tagesetappen empfohlen. Von Celle könnte er mit der Bahn in einenviertel Stunden nach Hamburg zurückflitzen, vergleichsweise wie gebeamt. Die Wetterprognosen der Internetwetterfrösche für die nächsten zwei Wochen drängten ihn mit viel Sonne und wenig Regen zum baldigen Aufbruch. Der zur Vernunft neigende Steuerberater zwang sich, erst am Mittwoch aufzubrechen. Die eineinhalb Tage nutzte er für die Vorbereitung. Er druckte die Tourpläne und die Packliste für die Ausrüstung.

Am Dienstagnachmittag stapelte er zuerst alles, was er mitnehmen wollte auf dem Bett. Der Haufen aus Kleidung, Schuhen, Kulturbeutel, Proviant und Buch überragte die Reisetasche. Einen Rucksack besaß er nicht. Damit hätte er sich gar zu zünftig als Wandervogel kostümiert. Mit Bedenken reduzierte er die Anzahl der Unterhosen, Oberhemden und Schuhe. Mit Bedauern verzichtete er auf die drei Rotweinflaschen und die fünf Tafeln Schokolade, stattdessen billigte er sich nur eine Einliterplastikflasche mit Mineralwasser und eine Packung Butterkekse zu. Unterwegs hoffte er auf Einkehrmöglichkeiten. Abends wartete die prall gefüllte Nylontasche auf den Aufbruch.

10

Am Mittwochmorgen stiefelte er kurz vor acht Uhr zur Bushalte-
stelle Mühlenkamp, um mit der Linie Nr. 6 zum Hauptbahnhof zu
fahren. Da er nie den öffentlichen Nahverkehr benutzte, begann das
Abenteuer bereits hier. Die Sonne drängelte hinter der dünnen
Wolkenschicht. Die Windjacke schlackerte offen. An der Haltestelle
warteten vier Personen. Die Anzeigetafel verhieß pünktliche
Ankunft.

Der Bus mit der Nummer ›6‹ näherte sich. Zwei Jugendliche spur-
teten zur Station. Alle zeigten dem Fahrer beim Einsteigen ihre
Monatskarten. Hans Tietge kaufte ein Ticket bis zum Zielbahnhof
Fischbek und schritt an den sitzenden Fahrgästen vorbei. Einen
leeren Sitzplatz fand er nicht. Die Türen schlossen sich zischend. Der
Bus schob sich schaukelnd in den dichten Verkehr. Der Unerfahrene
schwankte bedenklich mit der Reisetasche. In letzter Sekunde klam-
merte er sich mit der freien Hand an eine Haltestange. Die ließ er
erst wieder los, als der Bus bei einer roten Ampel hielt. Zum Glück
stand ein mit Ohrstöpseln entrückter Mann auf und stellte sich an
den Hinterausgang. Alle starrten auf ihre Smartphones. Papa
plumpste auf den powarmen Sitz und zwängte sich das Gepäck auf
den Schoß. Die Namen der Haltestellen wurden immer rechtzeitig als
Laufschrift über dem Fahrer angezeigt und von einer unsichtbaren
Frau angesagt. Wenn jemand einen der Haltewunschknöpfe drückte,
wurde das mit einem roten Lämpchen und einem Klingelton quit-
tiert. Bei den nächsten drei Stopps stiegen nur Fahrgäste ein und
quetschten sich im Gang. Vor dem Krankenhaus in St. Georg ver-
ließen viele den Bus. Am Hauptbahnhof leerte er sich fast gänzlich.

In der Wandelhalle des Großbahnhofs wuselte es. In der Mitte floss der Menschenstrom zielstrebig flott in beide Richtungen. An den Seiten verharrten Suchende, um die Anzeigetafeln zu entziffern. Die üblichen Eckensteher lehnten an Wänden.

Die S-Bahn hielt pünktlich auf Gleis 4. Es stiegen deutlich mehr Personen aus als ein. Hans Tietge wählte einen Fensterplatz in Fahrtrichtung. Die Tasche legte er auf die Ablage über sich. Die Türen knallten zu. Der Zug beschleunigte rasant. Die Frau aus dem Bus kündigte auch hier die nächste Station an. Während der Fahrt schaute er aus dem Fenster. Aus diesem Winkel kannte er die Stadt noch nicht. An den Haltestellen beobachtete er die Menschen. Der hohe Ausländeranteil überraschte ihn. Fast alle Mitreisenden stierten auf kleine Displays. Ab und an wischten sie darüber. Gesprochen wurde nicht.

Dreißig Minuten später stieg er allein in Fischbek aus. Vor dem Bahnhof entdeckte er einen Wegweiser zum Heidschnuckenweg. Den erreichte er nach wenigen hundert Metern, deutlich markiert mit einem weißen ›H‹ auf schwarzem Grund. Der Pfad führte in eine weite hügelige Heidelandschaft. Er wand sich sanft kurvig, mal ansteigend, mal absteigend. Immer wieder zweigten schmalere Nebenspuren ab. Sie verloren sich hinter Wacholderbüschen. Es folgte eine Steigung in einen Kiefernwald. Dann öffnete sich der Blick auf einen Segelflugplatz in malerischer Heideweite, zurzeit allerdings ein farbarmes Bild, weil das violette Blütenmeer fehlte. Vor dieser Enttäuschung hätte ihn Anna gewarnt und den Ausflug auf September verschoben. Sie kannte sich mit dem Naturkalender aus. In dem jetzt folgenden dunklen Mischwald spielte das Fehlen der Farben keine Rolle. Dafür ließen ihn die Steigungen schnaufen. Die Freude über die Senken begrenzte die Aussicht auf die kommenden Aufstiege. Dermaßen gebirgig hatte er sich das nicht vorgestellt. Die Reisetasche wurde im wahrsten Sinne des Wortes lästig. Der häufige Wechsel von der rechten in die linke Hand erleichterte nur kurz. Bei der nächsten Sitzbank wollte er den Tragegurt suchen. Den hatte er beim Packen entdeckt und zum Glück drinnen gelassen, nicht um ihn zu nutzen, sondern weil er nicht wusste, wohin damit. Leider durchwanderte er augenblicklich eine schier endlose bankfreie Zone.

Nach einer gefühlten Stunde und bis zu den Knien gedehnten Armen sank er erschöpft auf das bemooste Brett einer Bank samt fantastischer Aussicht, für die er indes kein Auge freihatte. Mit verkrampften Fingern tastete er durch die sorgfältig gestaute Ausrüstung. Den Trageriemen fand er nicht. Vor Wut hätte am liebsten die Tasche ausgekippt. Er beherrschte sich und stapelte die Kleidung schichtweise neben sich auf der Bank. In diesem Augenblick näherte sich ein Wanderpaar mit Rucksäcken. Die ersten Menschen seit Fischbek. Die Frau stierte irritiert auf den Haufen Unterhosen. Der Mann murrte: »Auf dieser Bank könnten drei rasten. Nun ist sie für einen belegt. Dauert das noch lange?«
»Kann sich nur um Stunden handeln. Kommt darauf an, wann ich gefunden habe, was ich suche.«
Die Wartenden schauten zu, wie er Oberhemden und Ersatzhose heraus holte. Dann fühlte er den Plastikboden aber nicht den Gurt. Enttäuscht schüttelte er das jetzt leichte Nylongepäckstück kopfüber aus. Der flache, schwarze Riemen fiel in den Staub. »Hurra, da ist er ja!«
Die Wanderer atmeten hörbar auf. Rasch schichtete Papa seine Sachen in die Tasche. Gern hätte er sich ein wenig ausgeruht und einen Schluck Wasser getrunken. Aber die Drängler verdarben es ihm. Er klinkte die Gurthaken ein und schulterte das Gepäckstück.

Die Hände und Arme dankten. Schultern und Rücken ahnten nichts von der kommenden Pein.

»Schönen Tag«, wünschten sie sich gegenseitig.

Still fragte er sich, ob es einen Gruß für diese Zunft gibt, wie ›Waidmanns Heil und Waidmanns Dank.‹ bei den Jägern oder ›Petri Heil und Petri Dank.‹ bei den Anglern.

Er folgte dem Auf und Ab des Pfades. Bei jedem Schritt schlug die Reisetasche ihm ins Kreuz oder in die Lenden, wenn er sie seitlicher trug. Der Kiefernwald wurde lichter. Endlich tauchte eine Bank zum Verschnaufen auf. Das Wasser löschte den Durst. Die drei Kekse mundeten köstlich. Mehr wagte er nicht, weil er bislang keine Schenke oder Klause passiert hatte.

Kaum war er aufgebrochen, spürte er, auf die Toilette zu müssen. Den Drang ignorierte er und hoffte, bald auf eine Einkehr mit WC zu stoßen. Die Sonne erklomm den Zenit, die Hoffnung sank, der Druck stieg. Zunächst ärgerte er sich über das Fehlen von Toilettenhäuschen, dann über das Vergessen von Klopapier. Daran hatte er bei den Vorbereitungen nicht gedacht. Das Wichtigste war nirgends erwähnt worden. Anna hätte ihm wahrscheinlich eine Rolle mitgegeben. In der Hosentasche und der Jackentasche fand er nur jeweils ein nahezu unbenutztes Papiertaschentuch. Die Not machte ihn bescheiden und drängte ihn zum Ausscheiden hinter den nächsten Busch. Beim Aufrichten aus der ungewohnten Hocke hörte er Schritte und Stimmen. Das drängelnde Wanderpaar hatte ihn eingeholt. Hans Tietge harrte hockend über dem Haufen aus und hoffte, dass ihn der Gestank nicht verriet. Sie stapften muffelnd vorbei.

Einem hügeligen Kiefernwald folgte ein schattiger Buchenwald. Dort lag der Karlstein, ein bemerkenswert großer Findling. Endlich tauchte Langenrehm, das erste Dorf am Heidschnuckenweg, auf. Mächtige Eichen beschatteten alte Häuser.

Zwischen Nenndorf und Dibbersen hörte und dann sah er Heidschnucken. Den gehörnten Schafen war unlängst das struppige Fell geschoren worden. Auch vor diesem unattraktiven Anblick hätte Anna, die Naturkundlerin, ihn gewarnt und die Tour um Monate verschoben. Ein Schäfer führte die Herde an. Drei Hunde hielten sie zusammen.

Nach Steinbeck erreichte er mit letzter Kraft am Spätnachmittag endlich Buchholz, ein Städtchen mit Kirche, Bahnhof und Herbergen. Im Hotel ›Zur Eiche‹ wurde er erwartet. Das Zimmer mit Bad hatte sich seit Jahrzehnten um Modernisierungen gedrückt. Dem Geschundenen war das im Augenblick völlig egal. Ihm reichte das Bett, um die müden Knochen zu ruhen. Zwei Stunden verbarg der Ganzkörperschmerz den Hunger. Zum Glück brauchte er keine weiten Wege zum Essen zu gehen. In der Wirtsstube hier im Haus vertilgte er einen üppigen Heidschnuckenbraten mit einem Haufen Rotkohl und einem Berg Kartoffeln.

Beim Zubettgehen offenbarte selbst der winzige Badezimmerspiegel großflächige, blaue Flecken auf dem Rücken, nicht zu ignorierende Mahnmale. Die Reisetasche hatte sich offensichtlich als ungeeignet für Gewaltmärsche erwiesen. Nur mit einem Rucksack wären die nächsten zwei Wanderwochen zu überstehen.

11

Am nächsten Morgen weckte ihn ein Muskelkater, wie er ihn nie zuvor erlebt hatte. Dass er dennoch bis halb acht schlief, bewies die Erschöpfung. Das Aufrichten überstieg seine Leidensfähigkeit. Auf der Seite liegend rappelte er sich schließlich hoch und stellte die Füße auf den Boden. Für die eineinhalb Schritte in das Zwergenbad überwand er Schmerzblockaden in Rumpf und Beinen. Mit Mühe hob er den Klodeckel und sank mit letzter Kraft auf die Klobrille. Langsam kehrte Mobilität mit erträglichem Schmerz in die Glieder zurück. Das morgendliche Badritual und das Ankleiden dauerte solange, dass er befürchtete, das Frühstück zu verpassen. Hier auf dem Lande wetteiferten die Lokale gewiss nicht wie in Hamburg, wer das späteste servierte. Zurzeit lag der Rekord bei bis 16 Uhr. Um 10 Uhr sah das Frühstücksbuffet im Hotel ›zur Eiche‹ arg geplündert aus. Dem Lahmen reichte es.

Papa klagte dem Wirt sein Leid. Der empfahl einen zusätzlichen Ruhetag und beschrieb den Weg zu einem renommierten Fachgeschäft für Rucksäcke. Hans Tietge kroch zu dem Sportausrüster. Von den drei vorrätigen Rucksäcken, kam nur der kleinste infrage. Die anderen bräuchten Überlebensabenteurer, die Zelt, Matratze und Kochgeschirr mitschleppten. Vor dem Spiegel mit dem Wunschkandidaten auf den Schultern grinste er. Derartig lächerlich verkleidet wollte er in Hamburg möglichst nicht erwischt werden. Die lilagesträhnte Verkäuferin gewährte ihm, den Rucksack gleich wieder zurückzugeben, falls nicht alles hineinpassen sollte. Dabei erwähnte er die Fortsetzung der Wanderung auf dem Heidschnuckenweg nach Celle. Vorsichtig erkundigte sie sich nach seinen Schuhen. Das einzige Paar, was er mithatte, schicke City-Slipper, war am ersten Tag um Jahre gealtert. Für diese Tour empfahl die Starverkäuferin dringend geschnürte all-weather-hiking-boots mit gepolstertem Knöchel-schutz. Guter Rat ist des anderen Leid. Er zwängte die müden Füße in die stabilen Wanderschuhe mit Treckerprofil. Probeweise schritt er im Laden umher. Sie drückten nicht. »Passt, wackelt und hat Luft«, rezitierte er den uralten Handwerker-spruch. Äußerlich erinnerten ihn die Stiefel an Turnschuhe. Damit würde er in Hamburg nicht auffallen. Oft hatte er bei dem allgemei-nen Sneakerhype den Eindruck, dass er der letzte Lederhalbschuh-träger war. Er behielt die Neuerwerbung an und verstaute die alten im Rucksack. Auf dem Rückweg ins Hotel kaufte er Klopapier. Die kleinste Menge gab es nur im Doppelpack.

Im Hotel versuchte er mehrmals vergeblich, alles zu verstauen. Kurzentschlossen packte er Entbehrliches in die unnütze Reisetasche und schickte sie per Postpaket grußlos, weil kein Papier und Schrei-ber griffbereit waren, in die Heimat.

Am nächsten Morgen zog er gleich nach dem Frühstück los. Der ebenso fürsorgliche wie geschäftstüchtige Wirt drängte ihm Lunch-paket und Trinkwasserflaschen auf, damit er bis Handeloh, dem Ziel der zweiten Etappe, nicht darben musste.

Zunächst wanderte er an der Heidebahn entlang. Am Bahnhof Suer-hop schwenkte der Pfad in einen Mischwald. Nach einer Kuppe folgte der Abstieg über eine steile Sandböschung in ein schmales, dunkles Tal, die Höllenschlucht. Nicht weit davon erhob sich der Brunsberg auf 129 Meter. Auf sandigem Weg ging es bergab über einen Bach vorbei an Birken. Dann stapfte er wieder bergauf. Zur Belohnung lud ein Rastplatz ein. Hier verschnaufte er und genoss den Blick über das Heidetal. Selbst von hier oben entdeckte er keine Menschen. Der Rucksack erwies sich als wesentlich erträglicher. Die

Wanderschuhe drückten nur wenig an den Zehen oder den Hacken, je nach Neigung des Pfads. Nachmittags stieß er nochmals auf die Heidebahn. Die Gleise leiteten ihn in den Zielort Handeloh. In der Herberge ›Fuchs‹ speiste er deftig und nächtigte erquickend. Heute hatte er die 15 km besser überstanden als die 26 km am Mittwoch. Deshalb sah er zuversichtlich den 17 km am Samstag nach Undeloh entgegen.

12

Am Samstag begegneten oder überholten ihn auf dem Heidschnuckenweg nach Undeloh einige Wanderer.

Deutlich mehr Personen standen vor Fräulein Schröder und warteten am Paketschalter. Am Freitag hatte sie eine Abholkarte im Brief-
kasten gefunden. Da sie nichts bestellt hatte, grübelte sie, wer ihr,
was geschickt hatte. Das Rätsel hatte ihr den Schlaf geraubt. Sie
hatte sich gezwungen, erst den üblichen Samstagvormittagseinkauf
zu erledigen. Nun verglich sie die Länge der Warteschlange in der
Post mit der im Supermarkt. Zehn Minuten später erkannte sie, dass
es mehr auf die Dauer als auf die Länge ankommt. Endlich durfte sie
die Benachrichtigung überreichen und erhielt nach einer minuten-
langen Suchaktion einen gelben 50 Zentimeter breiten Pappkarton
mit ihrer Anschrift. Über den Absender fand sie keine Angaben. Der
verwischte Poststempel verriet nur eine unvollständige Postleitzahl
und einige Buchstaben des Ortes. Den Strichcode vermochte sie
nicht zu decodieren. Sie trug das circa ein Kilogramm schwere Paket
nach Hause.

Mit Schere und Messer öffnete sie den Deckel und hob eine dunkle
Nylontasche heraus. Den leeren Karton legte sie zur Seite. Den Inhalt
der Tasche stellte sie auf den Küchentisch: ein Paar ausgelatschte
schwarze Herrenhalbschuhe, zwei muffige Baumwollsocken, eine
unangebrochene Klopapierrolle und eine getragene Doppelrippmän-
nerunterhose. Fräulein Schröder presste die Lippen, dass sie
schmerzten. Dann atmete sie tief aus. Sprachlos schüttelte sie den
Kopf. Wer hatte ihr so etwas geschickt? Was sollte sie damit
anfangen? Sollte das gar ein Scherz sein? Ihr war indes mehr zum

Heulen als zum Lachen. Enttäuscht und wütend warf sie die Plünnen wieder in die Tasche und stopfte sie zurück in den Karton. Beim Zuklappen sah sie sich den Adressaufkleber genauer an. Die wenigen mit Kugelschreiber geschriebenen Druckbuchstaben reichten nicht für eine grafologische Analyse. Aber sie entdeckte zwei schwache Pünktchen über dem ›a‹ bei ›Frau‹, als ob der Absender Fräulein schreiben wollte und sich Millisekunden zu spät auf ›Frau‹ umbesonnen hatte. Damit wurde für sie Herr Hans Tietge zum Hauptverdächtigen. Sein unangemeldeter Geburtstagsbesuch bewies, dass er ihre Adresse kannte. Das erklärte nur nicht das Warum.

Stundenlang zögerte sie, ihren pensionierten Chef anzurufen. Am späten Nachmittag rang sie sich durch und wählte seine Festnetznummer. Er nahm nicht ab. Sein Handy war abgeschaltet. Sie versuchte es bis 20 Uhr noch mehrmals vergeblich. Die Unterhose drängte sich immer wieder vor Augen. Gern hätte sie mit jemandem darüber gesprochen. Sie wusste nur nicht mit wem.

Hans Tietge wanderte bis Undeloh und kehrte in der Pension ›Heiderose‹ ein. Beim Ausziehen der Wanderstiefel schmerzten die Hacken. Sie schimmerten wundrot. Ermattet streckte er die müden Beine auf dem Bett aus. Nach dem Abendessen schlief er sofort ein. Beim Sonntagsfrühstück stibitzte er zwei Brötchen mit Wurst und Käse für die Etappe nach Niederhaverbeck.

In der schlafarmen Nacht kam Fräulein Schröder mit der Tätersuche nicht weiter. Am Sonntag blieben ihre zahllosen Anrufe bei dem Verdächtigen unbeantwortet. In der Nacht zum Montag wälzte sie sich stundenlang und durchdachte sich übelste Konsequenzen für sich persönlich. Dürfte oder müsste sie Lars einweihen? Möglicherweise würde sie es sich mit beiden verderben, insbesondere wenn Herr Tietge unschuldig sein sollte.

Am Montagmorgen erreichte sie den Senior wieder nicht. Deshalb lauerte sie auf eine günstige Gelegenheit, Lars über das Paket zu informieren.

In der Lüneburger Heide blieb auch am Montag das Wetter optimal zum Wandern. Eine dünne, trockene Wolkenschicht verhinderte Sonnenhitze. Eine sanfte Brise erfrischte Papa beim Auf und Ab des geschwungenen Pfads Richtung Bispingen, vorbei an Flüsschen und Tümpeln. Seine Hacken hatten schon beim Schuhanziehen mit Schmerz protestiert. Daran hatte er sich im Laufe der Stunden nicht gewöhnt.

Mit ähnlicher Leidensmiene nahm Lars die Paketgeschichte zur Kenntnis. Am liebsten hätte er Frau Schröder gefragt, ob ihre Verehrer ihr öfter solche Überraschungen schicken. Wegen ihres bekümmerten Blicks verkniff er sich das. Stattdessen rief er zunächst Papa an. Da er sich nicht meldete, bat er Julia, seine Frau, zu Papas Wohnung zu gehen und zu läuten.

Bald verkündigte sie, dass ihr Schwiegervater nicht geöffnet habe. Die Nachbarin kam scheinbar zufällig ins Treppenhaus und berichtete, dass sie ihn seit Tagen nicht mehr gesehen oder gehört habe. Das beunruhigte Lars.

Nachmittags humpelte Hans Tietge durch Bispingen, dem fünften Etappenziel. Das Hotel ›Zur grünen Eiche‹ fand er sofort. Neben dem Eingang am Fahrradständer entlud ein farbenfroh kostümierter Radler die Satteltaschen. Zusammen traten die Gleichaltrigen an den Empfangstresen. Der leicht gebeugte, aber drahtig erscheinende Zweiradfahrer gab dem Fußlahmen den Vortritt: »Sie brauchen das Bett dringender. Ike habe den janzen Tag jesessen.« Hans Tietge nickte dankbar, checkte ein und schleppte sich aufs Zimmer. Er gierte, sich von den Wanderstiefeln zu befreien. Er schauderte vor den zu erwartenden Schmerzen.

Abends auf dem Heimweg schaute Lars in der Dorotheenstraße vorbei. Dort war er aufgewachsen. Zum Glück hing Papas Zweitschlüssel für Notfälle an seinem Schlüsselbund. Zunächst klingelte er mehrfach vergeblich. Dann öffnete er die Wohnungstür. Zögerlich betrat er die vertrauten Räume. Es roch ungelüftet. Nirgends lag etwas schlampig herum. Nur Papa fehlte in der perfekten Ordnung. Kein offensichtliches Indiz verriet seinen Aufenthaltsort. Lars kontrollierte die Tiefgarage. Papas Mercedes parkte am Stammplatz. Lars erinnerte sich nicht, dass Papa jemals so lange ohne sein geliebtes Auto unterwegs gewesen war. Das einzige Mal, als er mit der Bahn verreisen wollte, musste er dringend einem Kunden in den damals neuen Bundesländern beistehen. Anna, seine Frau, Lars` Mutter, war deshalb allein planmäßig nach Südtirol aufgebrochen. Papa konnte sich wegen eingeleiteter Untersuchungen der Steuerfahndung nicht loseisen und nachreisen. Mamma war bis heute nicht zurückgekommen. Lars hatte das kaum mitbekommen. Er hatte in jener Zeit in Mannheim studiert. Zum Geburtstag gratulierte sie ihm regelmäßig auf ihre wortkarge Art mit Postkarten. Dass ihm diese alte Geschichte ausgerechnet jetzt in den Sinn kam, wunderte ihn. Seine stillen Eltern hätten bei den Schweigemeisterschaften gute Medaillenchancen. Sie waren das seltsamste, getrennt lebende Paar, das er kannte.

Auf dem Nachhauseweg fragte er sich, ab wann er etwas unternehmen müsste wegen des Verschwindens und des merkwürdigen Pakets. Eine E-Mail schickte er sofort:

Wo bist Du? Bitte melde Dich, damit sich die Familie nicht sorgt. Lars

Die Nachricht las Hans Tietge nicht. Er hatte das Smartphone seit Verlassen der Wohnung ausgeschaltet. Das reale Abenteuer in der Lüneburger Heide fesselte ihn mehr, als die virtuelle Welt verhieß. Jetzt weckte ihn Hunger aus dem Nachmittagserschöpfungsschlaf im Gasthaus ›Zur grünen Eiche‹. Er rappelte sich hoch. Draußen wurde es schummrig. Ihm schauderte, die wunden Füße wieder in die geschrumpften Stiefel zu pressen. Am liebsten wäre er auf Strumpfsocken zum Abendessen gegangen. Er träumte von offenen Pantoffeln. Mit angehaltenem Atem tauchte er zentimeterweise in die Schuhe. Der stechende Fersenschmerz brachte die Beine zum Zittern.

Staksig schlich er ins Speisezimmer. Der für große Hochzeitsfeiern bemessene Saal wirkte für die wenigen Gäste am Montagabend überdimensioniert. Am nächstgelegenen Vierertisch saß der mittlerweile in einfarbig Braun umgekleidete Radler. Er winkte und rief: »Hallo Sportsfreund, bei mir ist noch Platz, dann brauchen wir zum Quatschen, nicht zu brüllen.«
Papa fühlte sich überrumpelt, freute sich aber, nicht wieder allein zu essen. Er setzte sich ihm gegenüber und stellte sich vor: »Das ist sehr freundlich. Ich heiße Hans Tietge. Ich wandere auf dem Heidschnuckenweg von Hamburg nach Celle.«
»Anjenehm. Ik bin Edmund Erdmann aus Berlin und radel nach Groningen. Kannst gerne Ede sagen.«
Hans musste sich nur kurz zum Du überwinden: »Was treibt dich nach Holland?«
»Is` doch klar, das vielfältige Angebot in den Fahrradläden und in den Coffeeshops.«

Hans stutzte, dann ahnte er, was gemeint war. Da er nichts sagte, fragte Ede:»Was willst du denn in Celle?«

»Der Heidschnuckenweg soll einer der schönsten Naturpfade sein. Er ist über 200 km lang. Man braucht zwei Wochen. Von Celle kommt man mit der Bahn in eineinhalb Stunden zurück nach Hamburg.«

»Die gleiche Strecke strampel ich in zwei Tagen.«

»Beachtlich! Das ist sicher nicht deine erste Tour.«

»Ne, diese mache ich jedes Jahr. So wie du humpelst, bist du noch nicht lange Tippelbruder.«

»Stimmt, ist mein erster Versuch. Bis vor Kurzem war ich Schreibtischtäter und Autofahrer.«

»Respekt! Aber ist das nicht ein bisschen zu viel fürs erste Mal?«

»Die Tour wurde empfohlen. Die Beschreibung reizte mich. Der Pfad durch die Heide ist Natur pur, kein Verkehr, kaum Häuser und wenig Menschen.«

Ede schnaufte:»Dat musste mögen. Mir wäre das zu langweilig.«

Hans erwiderte:»Ist denn Radfahren übers Land interessanter?«

»Man kommt schneller voran und in den Ortschaften gibt es immer was zu kieken und Gesellschaft. Außerdem latscht man sich nicht die Füße ab.«

»Stimmt, aber was ist mit dem Muskelkater in den Beinen?«

Ede nickte:»Den bekommt nur der Untrainierte. Der Schmerz verschwindet am zweiten, spätestens am dritten Tag. Wunde Füße quälen einen erheblich länger und schmerzhafter.«

Die adrett mit geschnürtem Bustier und weitem Trachtenrock gekleidete Wirtshaustochter überreichte ihnen schwere, in Leder gebundene Speisekarten und pries das Drei-Gänge-Menü des Tages an, frische Köstlichkeiten der Region. Hans entschied sich sofort dafür mit einem Schoppen Rotwein. Ede schloss sich an und erklärte:»Das erspart uns, die Lesebrillen aufzusetzen und stundenlanges Blättern, zumal ich Kohldampf schiebe.«

Hans lächelte: »Na der Daily Special wird hoffentlich rasch serviert.«

Das Essen sättigte sie. Der Tisch wurde abgeräumt. Der kräftige Wein wurde nachgeschenkt. Als sich niemand in Hörweite aufhielt, feixte Ede: »Von der Oberweite her ist Frau Wirtins Tochter überqualifiziert für dieses Lokal.«

Hans schmunzelte und nickte. Sie saßen noch ein Weilchen zusammen und unterhielten sich über die Welt. Zum Schluss lobte Ede den Abend: »Das hat mir jut jefallen, endlich mal kein Smartphonewischer.«

Kopfschüttelnd stimmte Hans zu: »Ich frage mich auch, wozu so viele Leute das beim Essen brauchen, besonders wenn sie nicht allein sind.«

Auf dem Weg zu ihren Zimmern fragte Ede: »Ist deine Kammer auch so klein?«

Hans tröstete: »Ist ja nur für eine Nacht.«

»Mein Kabuff ist so winzig, dass ich für eine Erektion die Tür aufmachen müsste.«

Sie lachten, verabschiedeten sich mit Handschlag und den besten Wünschen für die weitere Tour.

14

Am nächsten Morgen, es war Dienstag, stand ihm die sechste Etappe mit 23 km bis Soltau bevor. Er hielt die Luft an und zwang sich mit zusammen gebissenen Zähnen in die Marterstiefel. Nach dem Frühstück wanderte er los. Ede, der Radler, war schon unterwegs.

Der bleiche Leichentuchhimmel der letzten Tage verfinsterte sich und drohte mit Regen. Der Heidschnuckenweg schlängelte sich unter schütteren Kiefern um Heidelbeersträucher bis zu einer Autobahnunterquerung. Endlich hörte Hans mal wieder das Rauschen der Zivilisation. Fortan wechselten sich Felder und Wälder ab, dann Wälder und Felder. Die von Ede erwartete Langweile kam auf und wurde nun auch noch von oben benieselt. Der doppelte Verdruss steigerte seine Fußschmerzen, zumal es ständig auf und ab ging. Die Rast und das Lunchpaket linderten nicht. Die Heide hatte er satt. Jeder Schritt schmerzte.

Nach stundenlanger Folter kehrte er im Heidehotel ›Paradies‹ in Soltau ein. Der Wirt erkannte ihn als müden Wanderer und empfahl das nahegelegene Thermalbad zur Entspannung. Ohne die Schuhe auszuziehen, legte er sich zunächst ein Weilchen auf das Bett. Dann stakste er zu dem modernen Badetempel. Am Eingang erwarb er, wie versprochen, Badehose, Handtuch und Latschen. Beim Befreiungskampf von den Wanderstiefeln zerrissen die Blasen an den Fersen. Wundwasser nässte die Strümpfe. Mit den offenen Badepantoffeln genoss er die Schritte bis zum Becken. Die Wassertemperatur, es sollten zweiunddreißig Grad sein, empfand er im ersten Augenblick als äußerst angenehm, den hohen Salzgehalt weniger. Die wunden Hacken mit dem rohen Fleisch brannten wie Feuer. Schreiend vor Schmerz sprang er aus dem Wasser und wälzte sich auf dem gefliesten Boden. Er keuchte. Tränen liefen ihm über das Gesicht. Sein Körper bebte. Verschwommen erkannte er eine weiß gekleidete Gestalt, die sich über ihn beugte. Eine Frauenstimme fauchte: »Was ist los?«

Unfähig zu sprechen, hob er die Beine und zeigte zu den Füßen.

»Verstehe, damit macht das Salzwasser keinen Spaß.«

Zittrig rang er um Luft. Dann japste er: »Es brennt immer noch wie Hölle.«

»Ich rufe den Notarzt.«

»Muss das sein?«

»Ich habe meine Anweisungen.«

Inzwischen klärte sich sein Blick. Ein strenges Gesicht starrte ihn an. Die Person trug T-Shirt, Hose und Gummischuhe alles in Weiß, die vorgeschriebene Anstaltskleidung. Sie richtete sich auf und entpuppte sich als Brunhildetyp. Beim Wegstapfen kommandierte sie: »Sie bleiben hier liegen und rühren sich nicht von der Stelle. Ich hole Decken.«

Sobald sie verschwand, bildete sich ein Kreis Schaulustiger in Badezeug um ihm. Kinder drängelten in die erste Reihe und fragten, was passiert sei.

Hans Tietge verabscheute, im Mittelpunkt zu stehen, zu liegen erst recht. Er schämte sich, seiner Lage, wagte jedoch nicht, aufzustehen. In seiner Not zischte er: »Es haben mal wieder zu viele ins Wasser gepinkelt. Das hat meine Hacken verätzt.«

Einige Mütter schauten ihre Kinder und Männer strafend an. Ein Mädchen jammerte: »Ich war`s nicht.«

Die Bademeisterin kehrte mit zwei Decken zurück. Eine breitete sie neben ihm aus. Darauf rollte sie ihn. Mit der anderen deckte sie ihn zu. Die Gaffer verscheuchte sie.

Nach einer gefühlten Stunde auf und unter den kratzigen Decken marschierte die Matrone mit zwei Sanitätern im Gefolge heran. Mit routinierten Griffen hoben sie ihn auf eine Trage und brachten ihn in einen Nebenraum. Den missbrauchte offenbar das Personal gern zum Pläuschchen. Das ertappte Kollegenpaar verstummte und verzog sich. Der ältere Sanitäter untersuchte die Wunden, besprühte sie und wickelte einen lockeren Verband um die Füße. Davon bekam Hans Tietge wenig mit, weil der jüngere Samariter, ausgerüstet mit einem Formular auf einem Klemmbrett, seinen Namen wissen wollte.

»Hans Tietge, mit ›ie‹. Im Spint habe ich eine Visitenkarte und Krankenkassenkarte. Davon können Sie alles abschreiben, was Sie brauchen.«

Der Interviewer ließ sich nicht beirren: »Wo wohnen Sie?«

»Im Paradies.«

»Ich will wissen, wo Sie wohnen und nicht wohin Sie wollen.«

»Ich wohne tatsächlich im Paradies.«

»Das wollen wir alle. Soweit sind Sie aber noch nicht.«

»Ich erinnere mich genau, dass das Hotel so heißt.«, protestierte er.

»Ach Sie meinen das Landhaus gleich um die Ecke. Haben Sie dort ein Zimmer?«

Er nickte und schloss erschöpft die Augen.

»Wir tragen Sie jetzt in den Krankenwagen und bringen Sie ins Paradies.«

»Meine Sachen aus dem Schließfach will ich aber unbedingt mitnehmen, vor allem die Badelatschen.«

Die Oberin holte seine Habseligkeiten und überwachte die Verladung in den Krankentransporter. Im Hotel wurde er auf sein Bett gelegt. Der Ältere fummelte eine Visitenkarte aus Papas Anorak. Der Jüngere vervollständigte das Formular. Endlich allein schnaufte Hans Tietge ermattet. Bald fielen ihm die Augen zu.

15

Nach einer Stunde riss Telefongebimmel Hans Tietge aus dem Erschöpfungsschlummer.

Lars meldete sich:»Mensch Papa, was hast du *nun* wieder angestellt?«

»Hallo Lars, was willst *du* denn? Woher weißt du überhaupt, wo ich bin?«

»Die Ambulanz aus Soltau hat angerufen. Das war vielleicht ein Schock. Seit Tagen sorgten wir uns wegen deines Verschwindens. Was denkst du dir eigentlich? Noch wichtiger, wie geht es dir?«

»Um in umgekehrter Reihenfolge deine Fragen zu beantworten, zurzeit geht es mir schon besser. Ich liege auf dem Bett. Gedacht hatte ich, den Heidschnuckenweg von Hamburg nach Celle zu wandern. Das dauert fast zwei ...«

Lars unterbrach ihn:»Warum das denn? Du bist doch nie gewandert!«

»Eben drum, du weißt, ich suche eine neue ....«

»Ja aber das fängt man doch nicht mit solch einem Gewaltmarsch an, und schon gar nicht heimlich.«

»Übernimmst du jetzt die Rolle des Seniorenerziehers?«

Lars ging nicht darauf ein und fragte:»Warum hast du meine E-Mail nicht beantwortet?«

»Weil ich sie nicht gelesen habe. Ich wollte das Naturerlebnis nicht durch das weltliche Smartphone entweihen. Betraf deine Nachricht etwas Eiliges?«

»Ach, vergiss es! Hast *du* Ingrid Schröder das Paket mit der Unterhose geschickt? Die Arme war völlig verstört.«

»Das tut mir leid. Ich wollte die entbehrlichen Sachen nicht weiter mit mir rumschleppen. Sie einfach wegzuwerfen, schickt sich heutzutage nicht mehr.«

Lars blies aufgestaute Luft aus:»Wie soll das jetzt weitergehen?«

»Mir wurde dringend davon abgeraten, diese geschrumpften Wanderstiefel anzuziehen. Bis neue belastbare Haut über die offenen Wunden an den Hacken gewachsen ist, sollte ich nicht weiterwandern. Wielange das dauert weiß keiner. Ob ich überhaupt je wieder wandern will, bezweifel ich, in der hügeligen Heide jedenfalls kaum. Es ist mir einfach zu langweilig.«

Lars atmete erleichtert auf:»Dann wird Julia dich morgen Vormittag abholen.«

»Das möchte ich deiner lieben Frau nicht zumuten.«

»Das ist nichts im Vergleich zu dem, was du uns seit Tagen zugemutet hast.«

»Aber wer kümmert sich um Ben?«

»Das organisiert Julia mit ein paar Anrufen. Dein Enkel ist immerhin acht Jahre alt und geht zur Schule. Du bleibst im Hotel, bis Julia morgen gegen 10 Uhr kommt. Und schalte endlich dein Smartphone wieder ein.«

»Jawohl mein Sohn. Julia kann, wenn sie will, mit meinem Mercedes kommen.«

»Ich werde es ihr anbieten, vermute aber, dass sie ihren kleinen Honda bevorzugt.«

16

Am nächsten Vormittag fuhr Julia mit dem Honda beim Heidepara-
dies vor. Hans Tietge hatte bereits ausgecheckt und in der Diele auf
sie gewartet. Mit geschultertem Rucksack trottete er auf den Badelatschen zu ihr.

Auf der Rückfahrt horchte sie ihn über sein Heideabenteuer aus.
Beim Debakel durch die neuen Wanderstiefel erzählte sie:»Neue
Schuhe sollte man zunächst in kleinen Etappen einlaufen. Das habe
ich vor fast zehn Jahren schmerzlich gelernt. Auf unserer Hochzeitsreise nach Paris wollte ich mir dort unbedingt als erstes schicke
Pumps kaufen. Mit denen hatte ich mir nach einem Tag wunde
Fersen gelaufen. Die restliche Woche humpelte ich in potthässlichen
Gesundheitslatschen mit Lars durch die Stadt. Auf viele Sehens-
würdigkeiten mussten wir verzichten.«
Papa nickte verständnisvoll und stellte sich vor, was Ede, der Berli-
ner mit dem losen Mundwerk, dazu gesagt hätte. ›In diesem Fall hält
sich das Bedauern über den Verzicht in Grenzen. Eine Hochzeitsreise sollte ohnehin mehr im Bett stattfinden, statt Sehenswürdig-
keiten abzulatschen.‹
Laut kommentierte er ihr Urlaubserlebnis: »Was einen nicht
umbringt, muss man auslöffeln.«

Zuhause ersetzte Papa die Badelatschen durch hinten offene Pantoffeln. Zum Draußengehen fand er alte Sandalen, deren Fersenriemen
er abschnitt. Auf dem Schreibtisch lag das Paket für Fräulein Schröder. Unglück ist die Wurzel allen Übels. Zur Wiedergutmachung
schickte er ihr ein Päckchen, diesmal mit Anschreiben:

Sehr geehrte Frau Schröder.

Bei meiner Heidewanderung musste ich mich um alles Entbehrliche entledigen. Ich wollte es nicht wegwerfen und konnte es auch nicht zu mir nach Hause schicken. In der Firma hätte es ebenso nichts zu suchen. Notgedrungen adressierte ich es an Sie. Dafür bitte ich um Nachsicht, besonders wegen des Fehlens eines erklärenden Begleitschreibens.

Falls Ihnen aus Verärgerung graue Haare gewachsen sein sollten, erhalten Sie beigefügt ein Päckchen Blondfärbemittel. Ich hoffe, Sie mögen den Farbton. Er ist mein Favorit. Brigitte Bardot benutzt ihn schon seit über sechzig Jahren.

Mit freundlichen Grüßen
Hans Tietge

Zwei Tage später, am Samstag, rief die Beschenkte an: »Hallo Herr Tietge, vielen Dank für das zweite Päckchen. Das Haarfärbemittel hätte nicht nötig getan. Ich bin seit Jahren ergraut.«
»Oh, das wusste ich nicht. Dann probieren Sie es doch mal aus.«
»Schönes Wochenende, Herr Tietge.«
»Das wünsche ich Ihnen auch und vielen Dank für Ihr Verständnis.«

17

Am Montag bedeckte junge Haut vollständig die Wunden. Sie war langsam von den Rändern zum Zentrum gewachsen. Vorsichtshalber wandelte er noch tagelang in Pantoffeln oder Sandalen. Mit der fortschreitenden Genesung intensivierte er die Vorbereitungen für das nächste Abenteuer. Diesmal wollte er im Vorwege alle denkbaren Widrigkeiten wegrecherchieren. Er weihte sogar Lars in seine Pläne ein und versprach, mindestens einmal am Tag das Smartphone einzuschalten. Am Samstag spazierte er erstmalig mit Lederhalbschuhen zur Alster. Nach einer Stunde kehrte er schmerzfrei heim. Die zarte Haut hatte gehalten und war nicht lädiert. Am Sonntag stellte er das Notwendigste für eine Woche zusammen. Da er nicht wandern wollte, wählte er die Reisetasche statt des Rucksacks.

Gleich nach dem Frühstück brauste er am Montag mit dem Mercedes auf der A23 Richtung Norden. In Itzehoe wechselte er auf die B5 westwärts. Das platte Land wurde immer eintöniger. In Brunsbüttel checkte er im ›Schleusenhotel‹ ein. Da es noch zu früh zum Mittagessen war, ging er zum Fachgeschäft ›Küstenrad‹. Hier schaute er sich die angebotenen Fahrräder an. Er entschied sich für das E-Bike mit Mittelmotor, das er im Internet bereits reserviert hatte. Er durfte sogar schon mal eine Proberunde mit dem Tiefeinsteiger auf dem Parkplatz drehen. Die sanfte Motorunterstützung begeisterte ihn. Der überaus freundliche Experte versprach, das Rad bis zur Übernahme am nächsten Vormittag mit Satteltaschen auszurüsten.

Auf dem Rückweg schlenderte er am Hotel vorbei bis zur Schleuse, die den Nord-Ostseekanal mit der Elbe verbindet. Hier kehrte er im ›Torhaus‹, einem italienischen Restaurant, ein. Die zart verschleierte Sonne und die sanfte Brise erlaubten, draußen auf der Terrasse zu sitzen. Er las die Speisekarte und war gespannt, ob eine Pizza mit Krabben oder Heringen angeboten wurde. Die befürchteten Pizzaentgleisungen gab es nicht. Die gewählte Pizza ›Diavolo‹ ließ seinen Schlund lodern. Ein Containerdampfer glitt im Schneckentempo von links in die Schleuse. Ein Frachter schipperte aus der Schleusenkammer in den Kanal Richtung Ostsee. Die rassige Serviererin versicherte, dass auch abends reger Schiffsverkehr zu beobachten sei und sie Dienst habe. Deshalb beschloss er, dort zum Abendessen Büsumer Krabben auf Schwarzbrot zu probieren.

18

Nach dem Auschecken am nächsten Morgen fuhr Hans Tietge den Mercedes vom Hotelparkplatz nur ein paar Hundert Meter weiter zum gebührenfreien Parkplatz beim Fahrradladen. Das gemietete E-Bike wartete schon auf ihn. Er bekam einige Instruktionen für das Akkuladen, den Kanalradweg und die Rückgabestation. Dann strampelte er los. Der mitfühlende Sensor schaltete den Motor bedarfsgerecht zur Unterstützung dazu. Eine hellgraue Wolkenschicht bedeckte den Himmel. Ein stetiger Wind blies aus Westen.

Bald erreichte er den Pfad am Kanal entlang. Er bestand aus zwei schmalen Betonspuren. Gras wuchs dazwischen und daneben. Zahlreiche Schilder gaben ihn nur Fußgängern und Radlern frei. Für den Schiffsverkehr waren noch mehr und erheblich größere Ge- und Verbotszeichen aufgestellt worden. Auf einigen drehten sich Radarantennen. Grinsend fragte er sich, ob hier auch Geschwindigkeitsübertreter geblitzt werden. Oft kam es ihm vor, als ob er allein an einem begradigten Fluss durch unbewohnte Wiesen und Felder unterwegs wäre. In Kurven, wenn kein Wasser zu sehen war, schienen Schiffe mitten in der Landschaft zu liegen. Hin und wieder grüßte ein entgegenkommender Radler mit ›Moin‹. Diese Sitte übernahm Hans Tietge auch beim Überholen von langsameren Selbsttretern. Bei besonders imposanten Pötten hielt er an und bestaunte die Vorbeigleiter. Einige erreichten nahezu Hochhaushöhe. Das Missverhältnis der riesigen Abmessungen der Schiffe zur geringen Kanalbreite übertraf bei Weitem, was er von der Elbe kannte.

Gegen Mittag kam er zum Fähranleger Hohenhörn bei Schafstedt. Dort lag die Pension ›Kanal 33‹, das Ziel der ersten Etappe. Diesmal mutete er sich zum Einstieg nur 25 km zu. Von dem reservierten

Zimmerchen mit Dachschrägen schaute er, wie versprochen, auf den Wasserlauf. Zum Mittagessen bestellte er Rühreier mit Bratkartoffeln. Er aß nur die Hälfte aus der Kompaniebratpfanne, die fast den ganzen Tisch bedeckte. Übersatt und stolz, sich beherrscht zu haben, gönnte er sich ein Mittagsschläfchen. Die anschließende Wanderung durch das Dorf bestätigte seine Erwartung, ländliche Dorftristesse. Die unterschiedlichen Schiffe auf dem Kanal begeisterten ihn mehr. Zum Abendessen kaute er zähe Fischbrötchen und verstand, warum die anderen Gäste hier nicht speisten.

Nach einem leckeren Frühstück radelte er weiter gen Osten. Der Himmel war bedeckt, regnete aber nicht. Mittags erreichte er direkt am Nord-Ostseekanal bei Rendsburg das Hotel ›ConventGarten‹. Im Internet rühmte es sich als erstes Haus am Platz. Nach dem köstlichen Drei-Gänge-Menü ruhte er sich ein Weilchen auf dem Bett aus. Er spürte die heutigen 40 km am Hintern. Trotz der müden Beine schaute er sich das nahegelegene Wahrzeichen Rendsburgs an, die lange Eisenbahnbrücke auf hohen Stelzen. Unter der Stahlkonstruktion hing an Seilen eine Schwebefähre für Personen und Fahrzeuge. Dort begrüßten Lautsprecher, wie in Schulau bei Wedel an der Elbe, die vorbeituckernden Schiffe mit Dippen der jeweiligen Nationalfahnen und Anspielen der Nationalhymnen.

Auf dem Rückweg zum Hotel schallte Papa andere Musik entgegen. Flotter Rock and Roll hämmerte aus dem Wintergarten. Auf dem Gästeparkplatz standen über ein Dutzend amerikanische Oldtimer aus den 60er und 70er Jahren. Die chromblitzenden Ungetüme, zum Teil mit Heckflossen, zogen ihn magnetisch an. Mit respektvollem Abstand umrundete er die makellos erhaltenen Autos. Ihm juckten die Finger, sie zu streicheln. Er war kurz davor, es zu wagen, da hörte er tiefes Blubbern. Es näherte sich eine rote Corvette und reihte sich ein. Ein Paar im mittleren Alter stieg aus, warf einen flüchtigen Blick auf die automobilen Zeitgenossen und stolzierte zum Hotel. Ihn zierte eine beneidenswerte Geltolle im Elvis-Styl. Ihr Pferdeschwanz wippte bei jedem Schritt. Vor den offenen Glastüren des Wintergartens diskutierten Raucher in ähnlicher Aufmachung. Sie grüßten die Ankömmlinge mit lässigem V-Handzeichen. Hans Tietge gesellte sich zu ihnen und fragte wegen der lauten Musik mit erhobener Stimme:»Nette Schlitten, flotte Mucke! Was geht ab?«

Sein Outfit und die Frage entlarvten ihn als Outsider. Dementsprechend argwöhnisch schauten sie ihn an. Einer erbarmte sich und klärte ihn auf:»Heute hat Johnny Hallyday Geburtstag. Er wird dreiundsiebzig.«

Papa wusste sofort, wer gemeint war, der Elvis Presley aus Frankreich. Erst jetzt bemerkte er, dass zu den vertrauten Rock and Roll Melodien französische Texte gesungen wurden.

»Feiert ihr das jedes Jahr hier?«

»Immer am 15. Juni, ist doch klar, meistens hier, ist wegen der zentralen Lage an der Autobahn ideal für Schleswig-Holsteiner und Hamburger.«

»Trefft ihr euch sonst auch?«

»Nee, die Johnny Hallyday Fans nur zum Geburtstag oder zu Gigs. Aber die Klubs für Cadillacs oder Corvettes organisieren jeden Monat etwas. Was hörst und fährst du denn?«

Papa lachte:»Ich höre am liebsten die Rolling Stones. Zurzeit gurke ich mit einem gemieteten E-Bike den Kanal entlang.«

Dem Frager entglitt das Interesse aus dem Gesicht. Deshalb ergänzte Hans Tietge rasch:»Aber Johnny höre ich auch gern.« Allzu viel rettete er dadurch nicht. Sie wünschten sich noch einen schönen Abend. Später genoss er den Klang der großvolumigen Motoren bei der Abfahrt. Diesen Sound erzeugen nur mindestens fünf besser acht

Liter Hubraum. Das hat Daimler mit Mercedes-Pkws nie geschafft, vielleicht auch nicht gewollt.

Am nächsten Tag radelte er einem schmalen Streifen blauen Himmels zwischen weißen Wolken entgegen. Die letzten 40 km bis Kiel ähnelten den vorherigen. Die Schleuse in Holtenau glich die Differenz des Wasserstands des Kanals zur Kieler Förde aus. Vom Hotel ›Waffenschmiede‹ sah man die dicht vorbeigleitenden Schiffe. Er stellte sein E-Bike in den großzügig bemessenen Unterstand und trug die Reisetasche ins gebuchte Zimmer, wieder mit Wasserblick. Inzwischen strahlte die Sonne vom wolkenlosen Himmel. Auf der Terrasse vor dem Hotel ergatterte er den letzten freien Tisch. Beim Mittagessen schob sich ein weißer Kreuzfahrtdampfer vorbei. Einige Passagiere winkten. Kinder am Nebentisch fuchtelten mit den Armen.

Nachmittags wanderte er probeweise zur Fahrradrückgabestation und zum Startpunkt der Rückreise. Die Reise entlang des Nord-Ostseekanals hatte ihn körperlich nicht so ramponiert wie die Heidewanderung.

Beim Kaffeetrinken auf der Hotelterrasse tauchte eine laute Horde Radler auf, circa fünfzehn Männer und Frauen im Alter zwischen fünfundzwanzig und fünfzig Jahren. Alle waren mit schrillbuntem Bikerdress kostümiert. Die extrem engen Hosen der Kerle fand Papa obszön. Die Gruppe verschwand mit leichtem Gepäck im Hotel.

Beim Abendessen sah er sie an einer langen Tafel speisen. Hans Tietge aß allein zwei Tische danebe. Später an der Bar erkannte er einen von ihnen an dessen hagerem Gesicht wieder und erkundigte sich: »Ihr seid ja eine muntere Radlertruppe. Wo geht die Reise hin?«

»Wir umrunden Schleswig-Holstein immer am Meer entlang.«

»Wie passend zur Landeshymne! In der heißt es so schön ›Schleswig-Holstein Meer umschlungen‹. Wo begann und wo wird die Tour enden?«

»Wir sind vorgestern in Lübeck am Holstentor aufgebrochen. In acht Tagen wollen wir in Hamburg am Fischmarkt ankommen, einschließlich ein Rasttag auf Sylt.«

Hans Tietge stülpte anerkennend die Lippen. »Was für eine reizvolle Tour.«

»Wir rechnen mit 800 km.«

»Respekt! Wer organisiert das?«

»Der Fahrradverein Hannover. Die tüfteln jedes Jahr zwei Rundstrecken aus. Dies ist die de luxe Tour mit Hotelübernachtungen. Die Naturburschentour ist für Camper.«

»Müssen die sich auch so bunt verkleiden?«

Der Hagere schluckte: »Man zieht an, was man für richtig hält. Einiges hat sich in der Praxis bewährt, Alltagskleidung allerdings weniger.« Er drehte sich zu seinem Nachbarn auf der anderen Seite und fragte: »Hast du draußen das Behindertenrad gesehen? Wer ist denn mit so etwas unterwegs?«

Der Befragte grinste: »Du meinst den Tiefeinsteiger mit Hilfsmotor. Ich weiß nicht, habe aber einen dringenden Verdacht.« Dabei neigte er den Kopf in Papas Richtung.

Der beeilte sich, gute Nacht und Reise zu wünschen, und zog sich zurück. Mit Sportlern hatte er sich noch nie verstanden. Wahrscheinlich merkten die bald, dass er sie nicht gebührend bewunderte, und schon gar nicht ernst nahm.

19

Am nächsten Morgen, es war inzwischen Freitag, radelte er zur Rückgabestation in Kiel. Der Fahrradhändler beriet einen Neukaufkunden. Mit diskretem Abstand hörte Hans Tietge zu und fasste sich in Geduld. Ihm blieb noch eine dreiviertel Stunde bis zum Ablegen des Raddampfers. Mit der über einhundert Jahre alten ›Freya‹ wollte er nach Brunsbüttel zurückschippern. Die Beantwortung technischer Fragen zog sich hin. Anschließend feilschten sie in Mäuseschritten. Ein Kompromiss lag in weiter Ferne. Der Zuhörer wurde ungeduldig. Schließlich mischte er sich ein:»Ich unterbreche Sie ungern, aber ich möchte nur kurz das geliehene Rad abgeben.« Der Verkäufer blaffte:»Sie sehen doch, dass ich zu tun habe.« Der Interessent nutzte dankbar die Gelegenheit, geschwind abzuhauen:»Wenn Sie mir ein attraktiveres Angebot machen, überlege ich es mir. Erst mal vielen Dank und auf Wiedersehen.« Groll verzerrte das Gesicht des Händlers. Mit übertriebener Akribie untersuchte er das E-Bike auf Vollständigkeit und Schäden. Hans Tietge wunderte sich, dass der Schmutz im Profil der Reifen nicht bemeckert wurde. Ihm wurde die Zeit knapp. Nach bedächtigem Formularausfüllen erhielt er das Rückgabeprotokoll. Mit einem unwirschen ›Moin‹ eilte er davon. Ihm blieben zehn Minuten bis zur Abfahrt.

Endlich erreichte er den Liegeplatz. Der Raddampfer wartete vertäut, drängte aber schon mit schrillen Hornsignalen aus dem hohen Schornstein. Die letzten dreihundert Meter wetzte er bis zur Gangway. Die Reisetasche schlackerte wie wild. Sobald er das Schiffsdeck betrat, wurde der Rollsteg an Land gezogen. Keuchend durchwühlte er sein Gepäck, um das selbstgedruckte Onlineticket herauszufischen.

Die Halteseile wurden über die Poller gezerrt und ins Wasser geworfen. Ein tiefer Ton dröhnte minutenlang. Die seitlichen Schaufelräder platschten durchs Nass. Das Museumsschiff löste sich vom Kai und nahm gemächlich Fahrt auf. Die meisten Passagiere standen an der Reling und fotografierten sich oder die spröde Bebauung.

Hans Tietge betrat den Fahrgastraum. In diesem geräumigen Salon waren auf beiden Seiten schmale Tische mit jeweils Zweipersonensitzbänken davor und dahinter aufgestellt. Auf vielen Sitzplätzen lagen Jacken, Mützen oder Taschen, wie die Handtücher der ›Mallorca-Reservierung‹ auf den Sonnenliegen am Pool. Papa wollte am Fenster in Fahrtrichtung auf der Backbordseite sitzen, um die entgegenkommenden Schiffe besser zu sehen. Das wollten offenbar alle. Keiner dieser Plätze war frei. Bei einer Vierergruppe war nur ein Platz belegt. Deshalb stellte er den pinkfarbenen Stoffbeutel auf die Sitzfläche gegenüber, sank auf den Wunschplatz und verschnaufte. Gefasst sah er dem Ärger wegen seiner Dreistigkeit entgegen.

Während des reizlosen Wartens in der Schleuse kehrten viele auf ihre Plätze zurück, so auch die Mitte vierzigjährige Frau im langen, bunt bedruckten Flatterkleid. Die Vollschlanke mit dunklen Zöpfen stutzte, setzte sich ihm gegenüber und schloss minutenlang die schwarzumrandeten Augen. Nach tiefem Atemritual fragte sie: »Warum hast du meine Tasche umgestellt? Das hat unser Karma belastet.«
Hans Tietge unterdrückte einen Lachanfall und erklärte: »Um dir nicht aufs Kleid zu kotzen, habe ich mich vorsichtshalber in Fahrtrichtung gesetzt.«
»Wie rücksichtsvoll! Gekotzt wird auf Schiffen möglichst nur über die Reling, wobei die Leeseite zu empfehlen ist.«

»Vielen Dank für dein Verständnis und den Tipp. Lässt sich das Karma mit einem Schnaps reparieren?«

Sie schauten sich schweigend an. Er bemühte sich um ein freundliches Grinsen. Ihren nach innen gerichteten Blick vermochte er nicht zu deuten. Mit sanfter Stimme raunte sie:»Ich nenne mich Sanya. Das bedeutet die Wohlwollende. Wie nennst du dich?«

»Ich bin Hans im Glück.«

Inzwischen dampfte das Schiff aus der Schleuse gen Brunsbüttel. Weiße Schäfchenwolken verdeckten die Sonne nur kurz und selten. Papa drängte es nach draußen. Er ließ die Reisetasche auf seinem Platz zurück, nickte der Karmabeschädigten zu und verließ den Salon.

Auf dem Unterdeck standen zahlreiche festverankerte Sitzbänke. Außen führten Treppen zum Oberdeck. Dort saßen einige Passagiere. Darüber thronte die Kommandobrücke. Die Seitenwände waren größtenteils mit Holz beplankt. Durch eine offene Mahagonitür sah er den Kapitän am Ruder stehen. Unten waren zwei Luken schräg gestellt. Dadurch sah Hans Tietge die Kolben der Dampfmaschine. Die gleichmäßigen, gegenläufigen Bewegungen wurden mit glänzenden Stahlgestängen auf die Antriebswellen übertragen. Diese simple, selbst Laien verständliche Technik, faszinierte ihn. Die grünen Wiesen auf beiden Seiten des Kanals wurden durch die umgekehrte Fahrtrichtung nicht interessanter als bei der Radtour. Nur die wenigen, bereits bekannten, hohen Brücken bescherten etwas Abwechslung. Die wurde dafür umso imposanter zwei Stunden später im großen Salon geboten. Im Zentrum erhob sich aus dem Boden eine Fläche von zwei Metern Breite und drei Metern Länge Richtung Decke. Langsam wuchs aus dem Bauch des Schiffes ein Buffet mit zwei Längstischen. Dazwischen stand eine Anrichterin.

Silbertabletts waren mit Räucherlachs und Roastbeef belegt. Aus Warmhalteschalen dampften Gulasch und Fisch in Dillsoße. Dazu gab es allerlei Beilagen und Brot. Auf der anderen Seite entdeckte er hohe Geschirrstapel, volle Besteckkästen, einen Suppenkessel und diverse Dessertschüsseln. Auf Kommando flitzten die Hungrigsten, also die Korpulentesten, zum Essenfassen. Bald bildete sich eine gewundene Warteschlange. Vorsichtig balancierten die Ersten ihre überladenen Teller an ihre Plätze. Hans Tietge hatte sich schon beim Hochfahren einen Überblick verschafft und eine Speisefolge festgelegt, Suppe, Fischragout, Mousse au Chocolat. Er geduldete sich, bis ihm das Schlangestehen erspart blieb. Die drei Gänge schmeckten, wobei es ihm mit Bedienung besser gemundet hätte. Er war froh, der Völlerei widerstanden zu haben. Voller Bauch braucht für den Spott nicht zu sorgen.

Am Nachmittag schwebte ein Buffet mit Kaffee und Kuchen empor. Wieder wurde beherzt zugegriffen. Papa begnügte sich mit einem Stück Erdbeertorte.

Auf dem oberen Deck saßen viele am Bug und fieberten Brunsbüttel entgegen. Die Sonne schien gelegentlich zwischen den Wolken. Am Heck des unteren Decks hielt sich niemand auf. Erfreut wählte er den mittleren Platz und genoss den Rückblick auf den Kanal. Dabei bemerkte er die V-förmige Welle, die das Schiff hinter sich ließ. Offenbar wurde es ganz normal von einer Schiffsschraube angetrieben. Ob die seitlichen Schaufelräder mithalfen, oder nur der Dekoration dienten, blieb unklar. Er fühlte sich etwas auf den Arm genommen. Nun setzte sich auch noch Sanya seine Tischgenossin schräg gegenüber zu ihm. Sie nickten sich zu und schwiegen. Nach einer Weile wies er sie auf seine Entdeckung hin. Sie nahm es gelassen und wirkte nicht enttäuscht. Stattdessen fragte sie:»Fährst du mit dem Bus zurück nach Kiel?«

»Mein Wagen wartet in Brunsbüttel auf mich.«

»Wie bist du nach Kiel gekommen?«

»Mit dem Fahrrad.«

Sie sinnierte:»Was für eine Belastung deines Karmas! Mit dem Rad gen Osten, mit dem Schiff nach Westen, und wohin mit dem Auto?«

»Gen Süden.« Da sie ihn nur stumm beobachtete, erkundigte er sich:»Wie kommst du zurück nach Kiel?«

»Morgen mit dem gleichen Boot, wegen des Karmas. Die Reise Richtung Osten ist das, worauf es ankommt.«

»Machst du das oft?«

»Früher seltener, seit ich über vierzig bin, öfter. Wie alt bist du?«

Die direkte, persönliche Frage verdutzte ihn. Er wollte sich aber nicht mädchenhaft zieren:»Sechsundsechzig.«

Sie zeigte keine Reaktion, sondern stellte nüchtern fest:»Dann wird es Zeit, dass du deine unerfüllten Träume verwirklichst.«

»Woher weißt du, dass ich welche habe?«

»Ich fühle, dass du etwas für die Zukunft suchst. Dabei könntest du es in deiner Vergangenheit finden. Frage mich nicht, was. Das brächte nichts. Du musst allein darauf stoßen.«

»Wie stöbere ich die Träume auf?«

Sanya schaute ihm lange intensiv, fast aufdringlich, in die Augen:»Rekapituliere deine Erlebnisse und spüre, was dich angezogen oder abgestoßen hat. So wirst du die unerfüllten Träume entdecken.«

»Und die soll ich dann verwirklichen?«

»Wenn dir an einem erfüllten Leben gelegen ist.«

Mit Mühe milderte er spontanes Prusten in ein schiefes Lächeln ab. Sie schien, seinen Spott bemerkt zu haben. Mit eindringlichem Blick fügte sie hinzu:»Wenn dir an einem erfüllten Leben gelegen ist, solltest du deine unerfüllten Träume nicht nur irgendwie, sondern optimal auf höchstem Niveau verwirklichen.«

Er grinste und nickte: »Lachen ist der erste Schritt zur Besserung.«

Die Wolkenschicht wurde undurchlässig. Es wurde kühler. Die Passagiere verzogen sich in den Salon. Beim Anlegemanöver nieselte es. Zum Abschied wünschten sich Sanya und Hans ein erfülltes Leben.

Bei den ersten Schritten auf festem Boden taumelte er etwas. Es regnete sachte. Vorgebeugt eilte er zum Parkplatz. Seinen Mercedes fand er nicht. Dort, wo er stehen müsste, glitzerten kleine Glasscherben in einer Pfütze. Trotz des Regens prüfte er alle abgestellten Wagen. Seiner fehlte. Er fühlte sich hilflos und ratlos. Notgedrungen betrat er den Fahrradladen und schilderte seine Lage. Ihm wurde der Weg zur Polizeistation beschrieben. Dort wurden das Verschwinden routiniert protokolliert und der Vorfall leidlich bedauert. Glücklicherweise war es nicht weit zum bereits bekannten und nicht ausgebuchten ›Schleusenhotel‹. Dort zog er sich trockene Sachen an und föhnte sich die Haare. Dann rief er Lars` Mobilfunknummer an. Am späten Freitagnachmittag saß Sohnemann gewiss nicht mehr im Büro.

»Hallo Lars, ich bin zurück in Brunsbüttel.«

»Hat alles gut geklappt mit E-Bike und Raddampfer?«

»Ja.«

»War das Wetter auch so gut wie in Hamburg?«

»Ja.«

»Hier regnet es seit einer Stunde, bei dir auch?«

»Ja.«

»Dann fahr vorsichtig zurück.«

»Würde ich gerne machen. Aber mein Wagen ist verschwunden.«

»Was, das sagst du jetzt erst!«

»Deshalb rufe ja an.«

»Warst du schon bei der Polizei?«

»Ja.«

»Dann hole ich dich gleich ab.«

»Morgenvormittag wäre es vernünftiger. Ich übernachte im ›Schleusenhotel‹.«

»Dann bin ich morgen gegen 10 Uhr dort.«

»Es tut mir leid, schon wieder solche Umstände zu machen.«

20

Am Samstagmorgen traf Lars überpünktlich in Brunsbüttel beim ›Schleusenhotel‹ ein. Papa war beim Auschecken. Er befürchtete, dass sein Sohn sich noch die Schleusenanlage anschauen wollte. Doch sie brachen sofort in Lars` BMW auf. Sobald sie auf der Bundesstraße brausten, jammerte der Bestohlene:»Du glaubst nicht, wie amputiert man sich ohne Auto fühlt. Dazu kommt die Ohnmacht, es nicht verhindern zu können. Die Bullen wussten jedenfalls auch nicht, was ich hätte anders machen sollen.«

»Zum Glück bist du versichert. Weißt du schon, welchen Wagen du dir als nächstes holst?«

»Auf jeden Fall brauche ich kein T-Modell mehr, um kistenweise Akten zu transportieren. Deine Mutter nannte die Kombis immer despektierlich Leichenwagen. Ein Viertürer für Familie oder Mandanten ist auch nicht mehr notwendig. Wegen des Wegfalls der steuerlichen Abschreibung macht ein Neuwagen eigentlich auch keinen Sinn mehr.«

»Stimmt überhaupt! Dann kaufe dir doch einen gebrauchten Cityflitzer, allein schon wegen des Parkens.«

»Mal sehen, was kommt.«

Nach einigen stummen Kilometern erkundigte sich Lars:»Wie hat dir denn die Kanaltour, abgesehen von dem versauten Abschluss, gefallen?«

Papa schwärmte:»Mit so einem E-Bike fährt es sich äußerst bequem.«

»Willst du dir eines zulegen?«

»Zum überzeugten Radler bin ich nicht konvertiert. Aber die Reise am Nord-Ostseekanal entlang war interessant und nur so einigermaßen zügig möglich. Du ahnst nicht, wie viele Schiffe diese Abkürzung Tag und Nacht benutzen. Nur aus der Perspektive vom Ufer erkennt man, wie hoch die Brücken gebaut wurden. Außerdem gibt es kleine Fähren, die wegen eines Dekrets des Kaisers heute noch kostenlos übersetzten.«

Lars lachte:»Das hast du dir sicher nicht entgehen lassen.«

»Klar, wann bekommt man schon mal was für lau.«

»Was für Leute hast du getroffen?«

»Vorwiegend Radfahrer, potenzielle Mandanten waren nicht dabei. Fast immer grüßte man sich nur mit ›Moin‹.«

Er wollte von Johnny Hallyday`s Geburtstagsparty erzählen, da schoss ihm eine Idee in den Sinn. Er kannte das. Solche Eingebungen passten oft überhaupt nicht zum Thema. Jetzt speicherte er den Gedanken nur still ab, um ihn später weiterzuspinnen.

Lars bemerkte davon nichts, denn er fragte:»Wie war die Rückfahrt mit dem Raddampfer?«

»Hat mir gut gefallen. Ein Teil der Dampfmaschine war zu sehen. Ob die Schaufelräder tatsächlich das Schiff antreiben, weiß ich nicht. Die Heckwelle unterschied sich nicht von normaler Propellerströmung. Sensationell war dafür die Hubvorrichtung des Buffets.«

Kurz erwog er, die Karmatusse zu erwähnen, verzichtete jedoch. Sanya, die Wohlwollende, war ihm so fremd, dass er sich gegenüber Lars nicht über sie lustig machen wollte. Zumal Steuerberater spirituell ziemlich ahnungslos aber selbst auch nicht völlig mackenfrei sind. Stattdessen erkundigte er sich nach Neuigkeiten bei Familie und Firma.

Lars überlegte lange:»Das Einzige, was mir einfällt, ist, dass Ingrid Schröder erblondet ist.«

»Wer hätte das gedacht. Wie sieht es denn aus?«

»Stumpf und unnatürlich, ich finde, es wirkt unwürdig. Aber wie die Weiber so sind, wird sie von allen gelobt.«

Kurz bevor sie Hamburg erreichten, gestand Lars: »Ich bin gespannt, was du als Nächstes vorhast.«

Papa lächelte: »Ich auch!« In diesem frühen Stadium seiner Idee schwieg er lieber. Beim Aussteigen bedankte er sich: »Herzlichen Dank für deine Hilfe. Schönes Wochenende und viele Grüße an Julia und Ben.«

21

Sobald er erledigt hatte, was nach der Rückkehr anlag, lümmelte er sich aufs Sofa und grübelte. Sanya hatte ihm empfohlen, unerfüllte Träume zu verwirklichen. Um sie zu finden, sollte er Erlebnisse rekapitulieren und spüren, was ihn angezogen oder abgestoßen hatte. Das strapaziöse Wandern war ihm zuwider. Das langsame Radeln war bald eintönig und reizte deshalb wenig. Auf einem Schiff fühlte er sich gefangen und ausgeliefert. Diesmal war wenigstens ständig Land zu sehen. Grausig ist es auf hoher See. Anhalten und Aussteigen ist bei Nichtgefallen ausgeschlossen.

Ein Erlebnis erfüllte ihn mit Sehnsucht. Daran hatte er schon auf der Rückfahrt beim Gespräch mit Lars gedacht, die amerikanischen Oldtimer in Rendsburg. Als Teenager faszierten sie ihn in den Filmen. In Hamburg sah man sie so selten, dass tagelang darüber geschwärmt wurde. Auf dem ersten Album der Rolling Stones coverten sie den uralten Song ›Route 66‹. Der Refrain ›Get Your Kicks On Route 66‹ beschwört den Mythos der Freiheit, mit dem Auto von Chicago nach Los Angeles zu cruisen. Aus tausenderlei Gründen hatte er das nie in die Tat umgesetzt. Heute lockte ihn die Tour durch Amerika weniger, aber mit solch einem Auto ließe sich der Traum auch in Europa verwirklichen. Sanya, die Karmaexpertin, behauptete dadurch gelange er zu einem erfüllten Leben. Dass sein Leben unerfüllt ist, war ihm nicht aufgefallen. Für derartige Einschätzungen hatte er sich nie Zeit genommen. Ohne Firma war Zeit nicht mehr der Engpass. Jetzt galt es, die Zeit zu nutzen.

Zunächst nutzte er sie zur Autobeschaffung. Mit dem Kombi war er in den letzten Monaten fast nur zum Einkaufen gefahren. Der Laderaum war für einen Einpersonenhaushalt übergroß. Oft waren die raren Parklücken zu kurz oder zu schmal, um beim ersten Anlauf hineinzukommen. Opulente Straßenkreuzer wären dafür vollends ungeeignet. Im Internet fand er von allen Herstellern millimetergenaue Angaben über die Abmessungen der stadttauglichen Autos. Er entschied sich für die Baureihe 169 der A-Klasse (Baujahr 2005-2011) von Mercedes. Trotz der damals noch hohen Karosserie war der Wagen bei dem Elchtest nie wieder gestrauchelt. Mit dem T-Modell der E-Klasse des gleichen Fabrikanten war er seit Jahrzehnten nie ernsthaft enttäuscht worden. Diesmal drängte es allerdings. Monatelanges Warten auf Auslieferung kam nicht infrage. Das große Angebot Gebrauchter überraschte ihn ebenso wie die differenzierten Suchfilter. Mit wenigen Mausklicken holte er sich ein Dutzend Kandidaten in Hamburg mit dem passenden Jahrgang und den gewünschten Ausstattungsmerkmalen auf den Bildschirm. Früher hatte ihn alle zwei, drei Jahre der Mercedes Verkäufer stundenlang vollgelabert, um ihm Tage später per Brief über den voraussichtlichen Liefertermin in einigen Monaten zu benachrichtigen. Jetzt wartete er nur auf Montagmorgen, um den auserkorenen Händler anzurufen. Inzwischen stöberte er genüsslich im Netz nach amerikanischen Oldtimern.

Am Montag telefonierte er gleich nach dem Frühstück: »Bieten Sie noch den A-180 für 12.800 Euro an?«

»Wenn Sie den in Silber metallic aus dem Internet meinen, haben Sie Glück. Der ist noch da.«

»Wenn Sie ihn mir heute vorführen, könnten Sie ihn mir morgen angemeldet bringen?«

»Wohin hätten Sie es denn gern?«

»Nach Hamburg Winterhude.«

»Das ist durchaus möglich. Nummernschilder und Gebühren kosten 300 Euro.«

»Einverstanden, dann reduziert sich natürlich der Preis auf 12.500. Dadurch wäre er auch nicht mehr gar zu überteuert.«

»Bevor wir über den Preis feilschen, sollten Sie sich das Schmuckstück erst einmal anschauen. Wann wollen Sie kommen.«

»Gar nicht. Mein Wagen ist geklaut worden. Wann können Sie zu mir für eine Probefahrt kommen?«

Sie einigten sich auf 10 Uhr und tauschten Adressdaten und Telefonnummern aus.

Bei der Probefahrt um die Alster freute Hans sich, dass viele der Bedienungshebel identisch mit denen waren, die er vom T-Modell kannte. Dagegen enttäuschte ihn die vergleichsweise lahme Beschleunigung. Sie einigten sich auf Preis und Auslieferung am Dienstagnachmittag. Dass der Händler auf Barzahlung bestand, fand er umständlich und antiquiert, wie früher bei den Pferdehändlern.

22

Ab Mittwoch klapperte er mit dem Elch, so taufte er sein neues Auto, in Hamburg die Händler ab, die amerikanische Oldtimer im Internet anboten. Da er über reichlich Zeit verfügte, drang er in unbekannte Randbezirke vor. Selbst vor Stadtteilen mit zweifelhaftem Ruf scheute er nicht zurück. Sein Einsatz und Mut wurden nicht belohnt. Beim ersten Straßenkreuzer blühten so viele Rostpickel auf dem Chrom am Türgriff, dass er ihn aus Angst vor Verletzungen nicht anfassen mochte. Beim nächsten schreckte ihn das Leder der vorderen Sitzbank ab. Es war so rissig, dass er um seine Hose bangte. Bei einem optisch einladenden Kandidaten trieb ihn ein modriger Gestank gleich wieder heraus. Draußen schnappte er gierig nach frischer Luft. Mit der Karre würde er nicht mal um den Block kurven.

Der Händler maulte: »Nehmen Sie doch einen Jüngeren! Was erwarten Sie denn von einem über dreißig Jahre alten Wagen?«

»Das H-Kennzeichen für historische Fahrzeuge gibt es aber erst nach dreißig Jahren. Das reduziert erheblich Kfz-Steuer und Versicherung.«

Zwei Boliden im an sich einwandfreien Zustand schieden aus, weil sie für seinen Geschmack zu peinlich umlackiert worden waren, pink rosa und lila mit Perleffekt. Erst am Freitag fand er einen für eine Probefahrt würdigen Lincoln Continental. Das riesige Schiff ließ sich mit dem kleinen Finger steuern. Der großvolumige Motor beschleunigte das über zwei Tonnen schwere Monstrum fast wie einen Sportwagen. Der Klang ließ sein Herz höherschlagen und den Atem stocken. Nur der Preis wirkte wie eine kalte Dusche, 26.000 Euro. So viel war ihm die Verwirklichung seines Traums nicht wert. Die durchgefallenen Kandidaten kosteten bislang zwischen 6.000 bis

15.000 Euro. Bei diesem Prachtexemplar hatte er deshalb gar nicht mehr auf den Preis geachtet.

Im Gespräch mit dem Händler klagte er:»Ich suche jetzt schon seit drei Tagen in Hamburg ohne Erfolg. Macht es Sinn den Radius auszuweiten?«

»Versuchen Sie es doch mal beim Cadillac Club. Meines Wissens treffen die sich samstagnachmittags bei einem Reiterhof nordwestlich vom Flughafen.«

»Warum ausgerechnet auf einem Reiterhof?«

»Wegen des großen Parkplatzes. Den brauchen die Reiter für die Pferdetransportanhänger. Dort können die Cadillacfans vom Café aus ihre Lieblinge im Auge behalten. Ich gebe Ihnen mal die Telefonnummer des Präsidenten.«

Hans Tietge rief ihn an und wurde zum nächsten Treffen eingeladen. Am Samstag stellte er mit gebührendem Abstand den Elch neben die blitzsauber polierten Cadillacs der Baujahre 1956 bis 1986. Er umrundete jeden und beherrschte sich mit Mühe, sie nicht zu streicheln. Im Café mit Fenstern zur Reithalle und zum Parkplatz saßen mehrere Vierergruppen an Tischen und unterhielten sich. Keiner hatte sich wie in Rendsburg als Rock and Roller kostümiert.

Ein stattlicher Kerl mittleren Alters stand auf und begrüßte ihn: »Sind Sie Herr Tietge?«

»Volltreffer.«

»Herzlich willkommen. Mein Name ist Oldehaver. Unser Präsident hat Sie angekündigt. Er ist leider verhindert. Bitte setzen Sie sich.« Dabei wies er auf einen Stuhl mit Parkplatzblick an einem freien Tisch. Er selber setzte sich gegenüber:»Was suchen Sie?«

»Ich suche einen amerikanischen Straßenkreuzer.«

»Sind Sie schon mal mit einem gefahren?«

»Gestern hatte ich meinen ersten ride. Es war ein viertüriger Lincoln Continental.«

Herr Oldehaver verdrehte die Augen und mäkelte: »Na ja, ein Lincoln ist von Ford. Ein Cadillac von General Motors ist der Mercedes der Amis.«

Das erinnerte Papa an Sanya, die Karmameisterin. Er solle Träume nicht nur irgendwie, sondern optimal auf höchstem Niveau verwirklichen. Deshalb stimmte er zu: »Ein Cadillac muss es also sein. Welcher da draußen gehört Ihnen?«

»Das dunkelblaue Cabrio, ein Fleetwood Eldorado Baujahr 1972. Das letzte mit 8,2 Liter Achtzylindermaschine. Selbst nach über 40 Jahren noch ein Traum von Auto.«

»Von hier sieht er nicht schlecht aus. Was soll er denn kosten?«

»Den gebe ich nicht her.«

»Was wollen Sie sonst loswerden?«

»Welches Baujahr und vor allem welches Modell hätten Sie gern?«

»Ehrlich gesagt, bin ich noch völlig offen. Ich steige gerade erst in das Thema ein. Nach meinen Recherchen soll es aber unbedingt ein großer Ami mit H-Kennzeichen sein.«

»Das heißt, Sie wollen nicht restaurieren. Wollen Sie fahren oder sammeln?«

»Fahren natürlich! Nicht jeden Tag, aber damit zu reisen, reizt mich. Wie nutzen Sie Ihren?«

Herr Oldehaver zögerte und stülpte die Lippen. »Bei mir ist das ähnlich und doch etwas anders. Wenn Sie den Wagen nur zum gelegentlichen Verreisen nutzen wollen, empfehle ich Ihnen, sich das Wunschgefährt zu mieten.«

»Ich hätte schon gerne mein eigenes.«

»Mieten erspart Ihnen nicht nur die Anschaffung, sondern auch die laufenden Kosten. Wo könnten Sie ihn unterstellen? Er soll doch wohl nicht das ganze Jahr bei jedem Wetter draußen stehen. Für so einen Wagen braucht man allerdings eine Garage für Erwachsene. Wer kümmert sich um Wartung und Pflege? Das ist auch nicht umsonst.«

Papa schnaufte:»Oldtimer mieten, gibt es das denn überhaupt?«

»Ich verleihe meine mitunter an anständige Leute.«

Hans Tietge schaute ihn erstaunt an:»Das heißt, Sie besitzen mehrere.«

»Im Laufe der Jahre sind einige zusammengekommen. Ich mag nur Fahrbereite, die angemeldet sind. Ein Museum mit aufgebockten Exponaten finde ich bedrückend. Das ist wie ein Zoo mit eingesperrten Tieren. Autos müssen bewegt werden, sonst stehen sie sich kaputt. Deshalb vermiete ich sie manchmal. Das hilft natürlich auch etwas, die Kosten zu tragen.«

»Dann sind Sie ein Sammler.«

»Davor hüte ich mich. Die Sammler neigen zur Unvernunft. Ich besitze nur Fahrzeuge, die mich persönlich faszinieren, sei es wegen des Designs oder der Technik. Ob sie selten sind, oder mal Prominenten gehört haben, interessiert mich nicht. Hauptsache es begeistert mich, sie zu fahren.«

»Ist die Miete sehr teuer?«

»Nicht teurer als bei Avis und Konsorten. Es hängt vom Wert und der Dauer ab. Oft mieten Hochzeitspaare nur für die Fahrt zur Trauung. Das kostet zwischen 200 bis 300 Euro. Manche Wagen holen sich die Filmfritzen für einige Tage. Das erhöht den Preis ein bisschen. Dann gibt es noch die Genießer, die stylish verreisen.«

»Was bieten Sie denn an?«

»Für den Sommer empfehle ich Ihnen das Cadillac Cabriolet. Im Winter fährt sich der entmilitarisierte Hummer H2 hervorragend. Für unvergessliche Spritztouren bietet sich meine Corvette an, das legendäre Jubiläumsmodell von 1978. Für feierliche Anlässe ist meine Mercedes-Benz 300 Adenauer-Limousine phänomenal. Wenn es mal kurios nostalgisch sein soll, rate ich zur DS von Citroën.«

Papa lachte: »Die habe ich damals Flunder genannt, weil sie so flach ist. Das war wahrlich ein futuristisches Design.«

»Ich taufte den Franzosen Sänfte, weil er so weich und bequem ist. Er war aber auch technisch seiner Zeit weit voraus. Apropos Zeit, wann wollen Sie verreisen?«

»Weiß ich noch nicht.«

»Dann sollten Sie bald mal mit dem Cabrio einen Tagesausflug machen. Danach wissen Sie, ob das der passende Wagen für die Urlaubsreise ist. Der Cadillac ist höchst komfortabel aber kein Rennwagen. Fürs Rasen ist die Corvette mein Favorit. Die sollten Sie auf jeden Fall auch mal probieren, bevor Sie sich zum Kauf entscheiden.«

Papa nickte und fragte: »Am liebsten würde ich mir jetzt erst mal das Cabrio näher anschauen.«

Sie umrundeten gemeinsam den Cadillac. Er ließ den Motor blubbern und öffnete per Knopfdruck das weiße Zeltdach. Die bordeaux rote Lederausstattung war makellos und veredelte den Innenraum. Im riesigen Kofferraum lag neben dem Reserverad ein gelbes Paket, das Papa an seines für Fräulein Schröder erinnerte: »Was ist denn dadrinnen?«

»Zündkerzen, Keilriemen, Glühbirnen. Für meine Exoten gibt es diese Ersatzteile nicht an jeder Ecke. Ich habe sie nie gebraucht, fühle mich damit aber unterwegs sicherer.«

Bei der Verabschiedung tauschten sie ihre Visitenkarten aus.

23

Das restliche Wochenende geisterten die automobilen Veteranen durch Papas Gedanken. Die empfohlene, eintägige Probeausfahrt lockte ihn. Die Prognose für die nächsten zehn Tage verhieß trockenes Sommerwetter. Gemäß der Theorie, geteilte Freude ist doppelte Freude, überlegte er, wer ihn begleiten könnte. Lars schied aus. Der sollte sich sonntags gefälligst um die Familie kümmern. Die ganze Bagage wollte er nicht mitnehmen, zumal dafür der Kindersitz fehlte. Obendrein würde Lars ihm das Projekt womöglich ausreden. Der gelbe Karton im Kofferraum brachte ihn auf die Idee.

Zunächst klärte er, ob das Cabrio frei wäre. Dann rief er Fräulein Schröder an:»Hallo Fräu, Frau Schröder. Nächsten Sonntag hole ich Sie für eine Ausfahrt an die Ostsee ab. Baden müssen wir meinetwegen nicht unbedingt. Ich lade Sie zum Mittagessen ein. Nach einem Verdauungsspaziergang bringe ich Sie zurück. Passt Ihnen 10:30 oder wollen Sie in die Kirche?«
Sie stammelte:»Nein, nein, ich, ich bin ganz sprachlos. Wie komme ich zu der Ehre?«
»Das heißt, Sie sind einverstanden. Ich freue mich auf die Tour.«
»Wer wird uns begleiten?«
»Am besten wir verraten es niemand, dann drängt sich keiner auf.«
Sie schnaufte und schwieg.
Er wiederholte:»Also dann bis nächsten Sonntag um 10:30 bei Ihnen vor der Haustür. Da wahrscheinlich keine Parklücke frei sein wird, warte ich auf Sie im Auto in der zweiten Reihe.«

Um am Sonntag länger auszuschlafen, bat Herr Oldehaver, den Cadillac schon am Samstagnachmittag abzuholen. Papa begrüßte das. So parkte er das Riesengeschoss probeweise in der Tiefgarage.

Unzählige Male rangierte er vor und zurück, bis es ihm ohne Blessuren gelang, akzeptabel zu stehen. Dabei war die kantige Karosserie besser zu überblicken als beim Elch. Fürs Tägliche verzichtete er gern auf diese Herausforderung und war froh, sich den Kleinen gekauft zu haben.

Am Sonntag schien die Sonne. Sobald er die Garage verlassen hatte, fuhr er das Cabriodach hoch und die Seitenscheiben herunter. Zur vereinbarten Zeit stellte er sich in die zweite Parkreihe der Jarrestraße. Pünktlich wie immer erschien Fräulein Schröder. Sie stutzte und juchzte. Papa stieg aus und öffnete ihr die Beifahrertür. Die bislang stets grau getarnte Büromaus trug einen marineblauen Rock. Der harmonierte farblich zu dem blau weiß gestreiften Pulli mit V-Ausschnitt. Ebenso irritierte ihn das Blond der offenen, kinnlangen Haare. Die erinnerte er nur als weißgraues Schwänzchen hinterm Kopf zusammengebunden.

Auf der Fahrt zur Autobahn erkundigte sie sich nach dem Traumwagen, der sie an Hollywoodfilme erinnerte. Da ihm mehrmals fast ein Fräulein rausgerutscht wäre, fragte er: »Darf ich Sie Ingrid nennen? Dann brauche ich mich nicht auf *Frau* Schröder umzustellen. Außerdem passt das ja zur neuen Firmenetikette.«
»Meinet wegen gerne. Aber muss ich mich dann für Sie auf Hans umstellen?«
»Wir sollten es uns nicht gegenseitig schwermachen.«
Sie nickte und schwieg eine Weile. Dann fragte sie: »Was sagt Ihre Frau zu dieser Einladung?«
»Ich habe vergessen, sie zu fragen.«
»Warum kommt sie nicht mit?«
»Das ist eine lange Geschichte. Die habe ich bis heute nicht verstanden. Die müsste sie Ihnen selbst erklären.«

Er war sich nicht sicher, ob Ingrid tatsächlich nicht wusste, dass er schon seit sechszehn Jahren nicht mehr mit Anna zusammenlebte. Ihre möglicherweise gespielte Ahnungslosigkeit könnte weibliche List zum Aushorchen gewesen sein. In der Firma hatte er die Trennung nie erwähnt. Lars hatte er zur Diskretion verdonnert. Aber was gemunkelt wurde, ahnte er am wenigsten.

Bei dem dünnen Verkehr am Sonntagvormittag funktionierte die grüne Welle der Ampelschaltungen perfekt, wochentags im Berufsverkehr leider miserabel, umgekehrt wäre es besser. Papa vermutete, dass ein autohassender Programmierer heimlich die Steuerung manipuliert hatte.

In Rekordzeit erreichten sie so die Autobahn A1 Richtung Lübeck. Papa beschleunigte die schwere Karosse auf die erlaubte Höchstgeschwindigkeit. Dabei wurde er in das dicke Polster der Rückenlehne gedrückt. Er genoss das. Weniger angenehm empfand er jetzt den kräftigen Fahrtwind, der ihre Frisuren zerzauste. Das wurde mit hochgefahren Fenstern erträglicher. Noch behaglicher wurde es, als sie sich der ersten der beiden obligatorischen Großbaustellen mit Geschwindigkeitsbeschränkung näherten. Seit seiner Kindheit gab es die immer auf der knapp 70 km kurzen Strecke. Das roch für ihn nach Kungelei. Heute verursachten die zehn Minuten langen Fahrbahnverengungen zum Glück keinen Stillstand. Mit dem extrabreiten Cadillac blieb er vorsichtshalber wie die Busse in der rechten Spur.

Bei der Autobahnausfahrt Timmendorfer Strand wechselten sie auf die Landstraße. Diese 20 km bis zum Badeort offenbarten ihm erst den vollen Genuss, mit dem offenen Cabrio ohne Seitenscheiben dahinzugleiten. Leiser Fahrtwind, munteres Vogelgezwitscher und der Duft frisch gemähter Wiesen steigerten das Reisevergnügen. Daher entschied er, auf Chausseen statt der Autobahn zurückzucruisen.

Auf der Strandallee in Timmendorfer Strand schlichen die Wagen im Schritttempo. Dadurch hörten sie sogar das sanfte Meeresrauschen und rochen den würzigen Geruch der Kiefern an der Promenade. Das half leider nicht, einen für die Abmessungen angemessenen Parkplatz zu finden. Die entfernt liegenden Großflächen verschmähte Papa. Für das automobile Juwel schieden die aus. Die zweite Runde entlang der Strandallee verkürzte er, indem er auf die großzügige, U-förmige Auffahrt des Seeschlösschens fuhr und den Cadillac als einzigen Wagen beim Hoteleingang abstellte. Fräulein Schröder schnappte nach Luft. Der Portier öffnete ihr die Wagentür und fragte: »Sind Sie Gast des Hauses?«

Papa antwortete: »Ja. Wir wollen uns erst mal die Suite anschauen. Bei Gefallen stelle ich den Wagen in die Tiefgarage.«

»Haben Sie reserviert?«

»Ja. Passen Sie bitte auf, dass keiner mein zweitbestes Stück befingert.« Dabei schob er dem Livrierten einen Schein in die Hand. Der hielt ihnen die Eingangstür auf. In der Lobby steuerten sie auf die Rezeption zu und schwenkten kurz vorher zum Restaurant ab. Sie durchquerten den Speisesaal. Um diese Zeit und bei dem Sonnenschein saß hier niemand. Der Terrassenausgang stand offen. Die Tische um den Swimmingpool waren fast alle besetzt. Papa leitete Fräulein Schröder zur Treppe, die zur Promenade hinunter führte. Hier reihten sie sich in den Strom der Spaziergänger ein. Die schlenderten in beide Richtungen, viele mit angeleinten Hunden. Dazwischen eierten Radler. Am Strand sonnten sich Halbnackte in Strandkörben. Kinder schaufelten im Sand. Vergleichsweise wenige badeten in den gemächlich ausrollenden Wellen. In der Lübecker Bucht segelten trotz des flauen Windes reichlich Boote. Die weißen Dreiecke schmückten das blaue Wasser. Einzelne Bauschwolken schwebten am Himmel. Papa jubelte:»Besser hätten wir es nicht antreffen können.«

Fräulein Schröder nickte strahlend und fragte:»Was ist denn das am Ende der Seebrücke? Das sieht ja aus wie eine Pagode.«

»Der Bau dieses japanischen Teehauses zieht sich seit Jahren hin. Schauen wir mal, ob es endlich fertig ist.«

Sie schritten über die nagelneuen Holzbohlen des Betonstegs mit Edelstahlgeländer. Auf dem ruhten sich dicke Möwen aus. Sie flatterten beim Näherkommen davon. Um das gläserne Gebäude mit dem geschwungenen Dach im Strahlerweiß standen Tische und Stühle. An allen wurde Eis gelöffelt oder Bier gesüffelt. Innen gab es freie Fensterplätze.

Sie ergatterten den Eckplatz. Hundert Meter vom Ufer, fünf Meter über dem Wasser faszinierte der Ausblick auf die Bucht intensiver als von der Promenade. Fräulein Schröder stocherte in ihrem gemischten Salat und spießte einige Scampi auf. Papa vertilgte eine Riesencurrywurst. Auf die hatte er seit Jahren verzichtet, weil er grundsätzlich nur im Sitzen mit Messer und Gabel aß. Er hasste fettige Finger, die trotz mehrmaligen Händewaschens rochen.

Gemütlich spazierten sie zur alten Seebrücke. Von hier aus gesehen ruinierten die beiden Betonwabenklötze Maritimhotel und Seeschlösschen den idyllischen Anblick. Die exotische Pagode wirkte deshalb wie Balsam für die Augen. Bei einem strohgedeckten Kiosk an der Promenade kaufte Papa ihnen Baseballkappen als Sonnen- und Frisurschutz für die Rückfahrt. Fräulein Schröder wählte eine

Weiße mit hellblauem Seepferdchenemblem, das Ortswappen. Er entschied sich für eine schlichte Dunkelblaue.

Das offene Cadillac Cabriolet wartete auf sie vor dem Hotel. Der Eyecatcher adelte das Anwesen und ließ sein Herz höherschlagen. Der Portier entlud Koffer aus einem Mercedes. Papa winkte ihm kurz zu und öffnete die Beifahrertür. Fräulein Schröder stieg ein. Beim Setzen rutschte der Rocksaum weit über die Knie. Sie beugte sich vor, um ihn herunterzuziehen. Dadurch gewährte sie einen tiefen Einblick in den Busenschlitz. Auf dem Weg zur Fahrertür mutmaßte Papa, dass sie einen Push-up Wonderbra umgeschnallt hatte: »Ingrid, Sie wollen mich wohl auf Ihre alten Tage noch verführen.«
Sie kniff die Lippen und starrte aus ihrer Seitenscheibe. Er startete den Motor, versenkte die Fenster und blubberte von der Auffahrt.

Erst als sie schon eine Weile den Badeort verlassen hatten, brach sie das Schweigen und fragte: »Hatten Sie vorletzte Woche mit dem Abstimmungsergebnis für den Brexit gerechnet?«
»Mich hat überrascht, dass über die Hälfte der Engländer das unabsehbare Risiko des Austritts aus der Europäischen Union gewählt haben. Was für ein mutiges Völkchen! Die Unabhängigkeit scheint ihnen wichtiger als der Wohlstand zu sein. Das kann man heroisch nennen. Ich halte es für leichtsinnig. Aber Leichtsinn geht ja oft einher mit Mut. Wie sehen Sie das?«
»Ich erkenne keine Vorteile durch den Austritt. Mitglied einer Gemeinschaft zu sein, ist doch immer besser, als allein dazustehen.«

Die Rückfahrt über Landstraßen statt Autobahn dauerte doppelt so lange. Dadurch verdoppelte sich das Vergnügen. Der offene, sanft wiegende Wagen schnurrte fast lautlos über die Hügel der holsteinischen Schweiz, an zahlreichen Seen vorbei, durch würzige Wälder und schmucke Dörfer. Das ungeahnt intensive Naturerlebnis begeisterte Papa. Mit Bedauern drangen sie in die hamburger Häuserschluchten zurück. Wie viel besser die Luft auf dem Lande roch, wurde ihm erst jetzt bewusst. Er setzte Fräulein Schröder vor ihrer Haustür ab. Sie verabschiedete sich: »Wie kann ich mich nur für diesen wunderschönen Ausflug bedanken? Er wird mir unvergesslich bleiben.«

»Nehmen Sie den Tag einfach als meinen Dank für Ihre jahrzehntelangen treuen Dienste. Außerdem wäre die Tour allein nur halb so schön gewesen.«

Papa tauschte den alten Cadillac bei Herrn Oldehaver gegen den vergleichsweise jungen Elch. Bei der Abfahrt spürte er einen Anflug von Wehmut, beinah Trennungsschmerz. In der heimischen Tiefgarage freute er sich, wie bequem der Elch in seine Lücke passte.

24

Gleich am Montag nach dem Sonntagsausflug plante Papa das nächste Abenteuer. Das Dahingleiten mit dem Cadillac Cabrio hatte ihn so begeistert, dass nur der amerikanische Straßenkreuzer für eine Urlaubsreise infrage kam. Da er kein festes Ziel im Auge hatte, durchdachte er alle Himmelsrichtungen. Richtung Norden, nach Skandinavien, befürchtete er, dass unbeständiges Wetter das Dach oft geschlossen halten würde. Im Osten, in den neuen Bundesländern, würde er gewiss an die Trennung von Anna erinnert werden. Die lag zwar über fünfzehn Jahre zurück, betrübte ihn aber immer noch. Im Westen, wie Holland oder Frankreich, reizte ihn im Augenblick kein spezieller Ort, vielleicht später einmal. Südlich der Alpen lockte die Aussicht auf verlässlich sonniges Wetter. Um den vollen Genuss auszukosten, würde er möglichst offen über Landstraßen rauschen. Mit den Routenplanern im Internet analysierte er verschiedene Ziele. Er entschied sich für den Gardasee. Den kannte er noch nicht. Bei gemütlichem Tempo blieben ihm von der zweiwöchigen Reise vier Badetage vor Ort, ab fünf drohte ohnehin Langeweile.

Mit Herrn Oldehaver handelte er einen akzeptablen Pauschalpreis aus. Im Internet und mit Papierstraßenkarten tüftelte er die landschaftlich reizvollste Strecke aus. Mehr als fünf bis sechs Stunden pro Tag wollte er nicht fahren. Einschließlich Pausen würde er deshalb circa alle 300 km übernachten. In der Gegend von Kassel fand er ein märchenhaftes Hotel, das Dornröschenschloss der Gebrüder Grimm. Durch diese Entdeckung inspiriert, schränkte er die weitere Herbergssuche auf Burgen und Schlösser ein. Die gab es tatsächlich ohne gravierende Umwege entlang der geplanten Route. Die antiken Gemäuer passten für ihn perfekt zu dem historischen Vehikel. Die

Jahrhunderte zwischen den Baujahren übersah er großzügig. Sein Herz hüpfte vor Freude. Für jede Nacht der Hin- und Rückfahrt wurden ihm die online gebuchten Zimmer per E-Mails bestätigt. Das wertete er als verheißungsvolles Omen.

Diese Zuversicht wankte allerdings bald wieder. Zwei Tage vor der Abreise wurden in Nizza bei dem Lkw-Terroranschlag sechsundachtzig Passanten getötet und dreihundert verletzt. Der Putschversuch in Istanbul am nächsten Tag beunruhigte ihn ebenso. Um sich von den für ihn ungewohnten Bedenken zu befreien, spann er eine Karmatheorie, mit der Sanya, die Wohlwollende, ihn möglicherweise beruhigt hätte. Schmunzelnd redete er sich ein, dass durch die beiden Tragödien das Unheilspotenzial für die folgenden Wochen erschöpft sei. Somit könne er getrost verreisen.

25

Am Freitagnachmittag holte er den frisch gewienerten, blitzblauen Cadillac ab. Den Elch durfte er dort wohlbehütet in der Halle lassen, fast eine Beleidigung für die noblen Karossen daneben. Am Samstagmorgen legte er zwei mickrige Reisetaschen in den riesigen Kofferraum. Neben Reserverad und Ersatzteilpaket hätten einige geräumige Koffer platzgefunden. Nach der Rucksackwanderung und der Satteltaschenradtour wusste er sich zu beschränken. Die zweite Tasche trug der zweiten Woche Rechnung.

Vorsichtig bugsierte er aus der Tiefgarage. Er verkniff sich ein übermütiges Hupen zum Start. Eine hellgraue Wolkenschicht bedeckte den Himmel. Papa ließ das Dach geschlossen, zumal die Strecke über die Elbbrücken wenig attraktiv war. Bei der ersten Autobahnausfahrt nach der Überquerung der Süderelbe wechselte er auf die Landstraße. An einer Parkbucht für Busse stoppte er und öffnete per Knopfdruck das Dach. Die Sonne hatte sich durchgekämpft. Pfeifend gondelte er dahin. Die hügelige Landschaft kannte er von seiner strapaziösen Fußwanderung. Jetzt genoss er das stetige Auf und Ab. Der Verkehr verdünnte sich, je weiter er sich von der Stadt entfernte. Nach einer Stunde glitt er fast allein durch die Heide, Wälder und Felder. Gelegentlich überholte er Trecker mit Anhängern, auf denen Strohballen getürmt waren. Mehrmals flitzten Brotlieferwagen an ihm vorbei. Mitunter wurde ihm zugewunken.

Gegen Mittag pausierte er zwischen Rinteln und Hameln im 'Schaumburger Ritter'. Das Restaurant hatte er bei der Tourenplanung entdeckt. Es lag nur wenige Kilometer abseits der Route, wurde lobend beurteilt und verfügte über einen großzügigen Parkplatz. Derartige Mittagspausenlokale hatte er für jeden Reisetag im

Schlemmeratlas gesucht. Einkehren wollte er dort nur, wenn ihn unterwegs kein anderes Lokal mehr reizte. Am 'Schaumburger Ritter' hatte ihn obendrein der Name gelockt. Der passte ideal zu den reservierten Übernachtungszielen. Essen und Service beim Ritter enttäuschten ihn nicht.

Im Laufe der Stunden mauserten sich die Hügel zu Bergen. Die Landstraße folgte Flüssen, kurvte um Berge und drang in Wälder. Oft fühlte er sich wie der einsame Reiter auf weitem Feld und fragte sich, für wen die Verkehrswege so perfekt asphaltiert worden waren. Mitunter befürchtete er gar, eine Straßensperre übersehen zu haben. Dann beruhigte ihn ein entgegenkommender Bus oder Paketwagen.

Am Nachmittag tauchte das erste Reklameschild für das Dornrös-chenschloss auf. Bald folgte ein offizieller Wegweiser zur Sababurg. Beim Verlassen eines dunklen Forstes entdeckte er sie auf einem bewaldeten Hügel. Zwei dicke Rundtürme ohne Zinnen mit spitzen Zwiebeldächern umrahmten das Gemäuer. Feldsteine lugten zwischen abgefallenem Putz und Efeu hervor. Die Fensteröffnungen in dem Gebäude zwischen den Türmen waren leer. Aus der Nähe wurde deutlich, dass nur die Außenwände standen. Dach und Zwischendecken fehlten. Nur die Fenster in den beiden Türmen und einem einstöckigen Seitenflügel waren verglast.

Hinter der zeitlosen Rezeptionstheke begrüßte ihn eine Zwanzigjährige im hellbraunen Miederkleid mit Rüschenärmeln. Hans Tietge stellte sich vor und bat um ein Zimmer mit Fensterscheiben und Dach. Das Burgfräulein verzog keine Mine und rief per Handy den Hausdiener. Angeblich war der Weg zum Turmzimmer nicht leicht zu finden. Der junge Bursche trabte geschwind mit dunkelbrauner Kurztunika über bauschigem weißen Hemd herbei. Um das Gepäck zu holen, kehrten sie zum Cadillac zurück. Papa musste dem Staunenden das Baujahr verraten. Der Zugang zum Turmzimmer war gut beschildert. Offenbar sollte der Gepäckträger eine Chance für ein Trinkgeld bekommen. Papa steckte ihm einige Eurosilberlinge zu, weil er ihm auch noch ausführlichst den Weg zum Restaurant der Burg beschrieb.

Das Turmzimmer unterschied sich von normalen Hotelzimmern nur durch runde Wände. Das schmale, verglaste Fenster in dem dicken Mauerwerk gewährte eine Teilansicht der Gegend. Die breiten Panoramascheiben im Restaurant entschädigten deshalb umso mehr. Man schaute hinunter auf die schnurgerade, einen Kilometer lange, baumbestandene Allee, die einst zum Schloss führte. Heute wuchs gepflegter Rasen dort. Frau Wirtin schien die Mutter der Rezeptionistin zu sein. Sie trug eine weiße, vorne geschnürte Bluse und einen braunen, wadenlangen Rock. Auch ihre Kleidung wirkte mittelalterlich. Sie leitete ihn an einen Fensterplatz. Alle anderen Gäste saßen paarweise und flüsterten oder schwiegen. Darüber und über die funzelige Beleuchtung hätte er sich jetzt gern wie früher mit Anna amüsiert. Wegen der altertümlichen Tracht des Personals in der halbverfallenen Burg befürchtete er derben Speis und Trank. Doch das zeitgemäße Essen und der Rotwein mundeten ihm gut.

Beim Einschlafen irritierte den Stadtmenschen die absolute Stille. Sie war ihm unheimlich. Mehrmals rissen ihn furchterregende Schreie aus dem Schlummer. Er hoffte, dass nur Wildtiere störten.

26

Gleich nach dem Frühstück setzte er bei warmen Morgendunst die Reise durch Wälder und Felder fort. Mittags kehrte er in Fulda beim ›Ritter - Manufaktur für feine Speisen‹ ein. Wieder hatte ihn der Name dazu verleitet. Das leckere Essen schmeckte ihm.

Nachmittags erreichte er nördlich des Mains, östlich von Aschaffenburg das ›Schlosshotel Rothenbuch‹. Der guterhaltene Prachtbau schmückte das gleichnamige Dorf. Papa parkte direkt vor dem Hotelportal. Auf dem Parkplatz daneben standen zwei Reihen schwarzgrauer Audikombis, vermutlich Firmenwagen. In der Lobby bestätigte eine Hinweistafel seinen Verdacht. In Saal 5 wurden die Vertreter eines Brillenherstellers gedrillt und motiviert.

Im Schloss zierten einzelne antike Möbel das moderne Interieur. Das schuf eine edle Atmosphäre, die sich angenehm vom üblichen Hotelstandard abhob. Auf mittelalterliche Kostümierungen und Dekorationen wie im Dornröschenschloss wurde verzichtet. Die romantische Verklärung dieser düsteren Epoche hatte Papa nie verstanden. Das Leugnen, dass sich die Erdkugel um die Sonne dreht, und das Verbrennen vermeintlicher Hexen hielt er für höchst peinlich.

Im großen Speisesaal belegten die Außendienstler eine lange Tafel. Papa bekam einen Fensterplatz mit Blick in den Park. Das Abendessen gefiel ihm. Bei der Erkundung der Räumlichkeiten entdeckte er ein Billardzimmer mit Bar im englischen Pubstil. Er setzte sich an den leeren Tresen. Der Barkeeper eilte herbei und servierte ihm ein Glas Tonic Water mit Eiswürfeln. Das trank er immer in Bars, wenn er nicht als Abstinenzler auffallen wollte. Gegebenenfalls behauptete er, es sei Gin Tonic. Um morgen nüchtern am Steuer zu sitzen, erlaubte er sich nach dem Rotwein zum Mittag- und Abendessen keinen weiteren Alkohol. Der Barmann prophezeite auf Nachfrage bestes Wetter für die kommende Woche. Papa ertrug, ohne das Gesicht zu verziehen, das frankfurter Gebrabbel. Hier verhunzte der Dialekt das Hochdeutsch schon gehörig, südlicher drohte die Mundart unverständlich, östlicher gar unerträglich zu werden. Inzwischen kehrten durstige Außendienstler ein und belagerten die Bar. Aus den unterschiedlichen Dialekten schloss Papa, dass hier die Brillenvertreter der Firma aus ganz Deutschland tagten. Es wurde gemosert, über die Zumutung sonntags anreisen zu müssen, über zähes Fleisch und über eine Kellnerin, die beim kleinsten Betatschen zickte. Einige stimmten zu. Einer fragte, ob er privat je in solch einem Nobelschuppen eingekehrt war. Es wurde gealbert und gelacht.

Papas Thekennachbar rief: »Habt ihr den alten Cadillac am Eingang gesehen?«

Ein paar nickten und einer mutmaßte: »Ist vielleicht ein Rockstar auf Hochzeitsreise.«

»Falsch.«, kommentierte Papa kurz.

Sein Nebenmann stutzte: »Kennen Sie ihn?«

»Ja.«

»Und wer ist das?«

»Ich«

»Aha, wie ein Rockstar sehen Sie nicht aus. Was sind Sie denn?«

»Ich bin Geldretter im Ruhestand.«

Nach der Überraschungssekunde johlten die Umstehenden.

»Wessen Geld haben Sie denn gerettet?«

»Das meiner Kunden.«

»Vor wem haben Sie denn deren Geld gerettet?«

»Hauptsächlich vor dem Finanzamt, manchmal auch vor den Banken oder anderen Betrügern.«

»Oh!«, reagierten die meisten, ebenso einsilbig wie Papa zuvor.

Ein langer Klinkenputzer, der Papa als Wortführer der Gruppe aufgefallen war, wandte sich an ihn:»Dann haben Sie ja viele gute Taten
vollbracht.«

Papa nickte, auch wenn er das so noch nie gesehen hatte.

»Wurden Ihre Wohltaten auch anständig belohnt?«

Papa lachte:»Wer bekommt schon, was er verdient? Wer ist
berufen, das zu ermessen. Ich beklage mich nicht. Wie zufrieden sind
Sie denn?«

Jetzt brabbelten alle durcheinander. Als wieder Ruhe eintrat, stellte
der Vorlaute fest:»Na bei Ihnen reichte es zum alten Cadillac, Respekt!«

Mit verklärtem Blick schwärmte Papa:»Ein echter Traumwagen.
Der fährt sich himmlisch. Ist für Urlaubsreisen sehr zu empfehlen.«

Ein Spaßvogel schlug vor:»Sollten wir als Dienstwagen statt unserer
Allerwelt Audigurken einführen.«

Ein Bedenkenträger äußerte:»Was wohl unser Sparkommissar zum
Spritverbrauch von 20 Litern pro 100 km sagen würde? Der reißt ja
auch bei Ihnen ein Loch in die Urlaubskasse.«

Papa nickte und riet:»Um im Urlaub zu sparen, bleibt man besser
zuhause.« Als das Gelächter abebbte, fuhr er fort:»Für Audiraser
wären amerikanische Straßenkreuzer ohnehin unzumutbar. Mehr
als 140 km/h bringen die kaum auf die Piste.«

Ihm waren besonders die Audifahrer als notorische Raser und
ungeduldige Drängler aufgefallen. Ob die damit beweisen wollten,
dass Audi schnelle Autos bauen kann, wusste er nicht. Vielleicht
wollten sie auch nur möglichst bald aussteigen, weil sie sich im Audi
unwohl fühlten. Dieses Rätsel klärte er in der beschwipsten Runde
der Audizwangsfahrer lieber nicht. Zumal für viele deutsche
Männer beim Auto, dem bedeutendsten Statussymbol, der Humor
aufhörte.

27

Am nächsten Morgen startete Papa früher als die Tage vorher. Die meisten empfehlenswerten Restaurants mit Parkplatz waren montagmittags geschlossen. Die stets geöffneten McDonalds und der gleichen mied er, um keine fettigen, nach Ketchup stinkenden Finger zu bekommen. Nach vier Stunden traf er gerade noch rechtzeitig beim ›Zu den drei Kronen‹ in Donauwörth ein. Dem Knödelverächter schmeckte das arg regionale Essen trotzdem.

Nachmittags blubberte er bei wolkenlosem Himmel in drei Stunden zum Übernachtungsziel, dem Schlosshotel in Berg am Starnberger See. Wie gebucht, lag sein Zimmer im historischen Gebäude direkt am See. Zum Glück hatte der Denkmalschutz erlaubt, die Fenster zu vergrößern. Dadurch beeindruckte der Blick auf das tiefdunkelblaue Wasser mehr als durch die originalen Gucklöcher. Grünbewaldete Berge reichten gegenüber bis ans Ufer. Das milderte den bedrückenden Anblick auf die hohe, graue Gebirgssilhouette dahinter.

Bei dem samtigen Lüftchen war die überdachte Seeterrasse gut besucht. Papa lauerte auf einen freien Tisch in der ersten Reihe, fast mit den Füßen im Wasser. An einem dieser Plätze wurde abkassiert. Die Frau stand auf und bändigte den zappelnden Jungen. Der Mann saß und zählte das Wechselgeld. Papa schlich heran, setzte sich und nickte freundlich. Aus dem Augenwinkel sah er, wie zurückhaltendere Interessenten ihre Pirsch aufgaben. Der Kellner räumte das Geschirr ab und fragte, ob er die Karte bringen solle.

In dem seitenlangen Werk wurde eine bayrische Brotzeit angeboten. Dazu empfahl der Ober ein trübes Weizenbier. Das passe optimal zusammen und in die Gegend. Auf einem zünftigen Holzbrett wurden Wurst und Käse serviert. Grobe Brotscheiben lagen in einem geflochtenem Korb. Die Menge hätte eine Familie gesättigt.

Ein weißhaariger Mann in krachlederner Seppelhose und Trachtenweste hielt Papa vermutlich wegen der Speisewahl für einen Landsmann und fragte:»Darf ich mich dazusetzen?«

Papa machte eine einladende Armbewegung und bot an:»Greifen Sie gerne zu. Die Massen schaffe ich eh nicht. Vom Bier rate ich ab. Es schmeckt sauer.«

»Sie verschmähen unser gescheites Weizenbier! Sie versündigen sich!«

»Ich beschreibe nur, wie es mir schmeckt. Es freut mich, wenn Sie es mögen.«

»In der Tat. Hopfen und Malz, Gott erhalt's!«

Papa lächelte und schwieg. Er bedauerte seine abfällige Bemerkung über das Nationalgetränk. Vor ihm vertrockneten Wurstscheiben und welkten Dekosalatblätter. Er fragte sich, ob ihm das Essen ohne Bier besser geschmeckt hätte. Sein Gegenüber verzichtete, die Reste zu vertilgen. Als er seinen Maßkrug bekam, prostete er Papa zu, trank einen langen Zug und seufzte genüsslich:»Das tut gut! Ist es nicht herrlich hier am See mit dem verlockenden Gebirge im Hintergrund!«

»Bei dem sonnigen Wetter auf jeden Fall. Wobei mir die Menschen im Gebirge leidtun. Gebirge ist für nichts gut, nicht einmal für die Landwirtschaft. Straßen, Brücken und Tunnel sind sehr aufwendig zu bauen und sind durch Lawinen gefährdet. Je nach Himmelsrichtung und Jahreszeit scheint die Sonne erst spät ins Tal, oder die Schatten verdunkeln es früh.«

Der Seppel brauchte mehrere Schlucke, bis er zurück grantelte:»Mit dem Meer ist das aber auch nicht so doll. Alle paar Stunden verschwindet es und hinterlässt eine trostlose Schlammwüste. Bei Sturmfluten drohen die Deiche zu brechen. Dann würde alles überschwemmt. Obendrein steigt der Meeresspiegel. Da tun mir die Leut auch leid.«

Papa griente: »Ja so richtig nett ist es nur im Bett.«

Jetzt lachten sie beide. Der Tischgenosse erkundigte sich: »Machen Sie hier Urlaub?«

»Bin auf der Durchreise.«

»Und wo wollen Sie hin?«

»An den Gardasee.«

»Dann haben Sie ja morgen Ihr Ziel erreicht.«

»Ich übernachte in Bozen.«

»Warum das denn? Man braucht doch nur höchstens fünf Stunden bis zum Gardasee.«

»Ich fahre lieber gemütlich auf Landstraßen.«

»Durch das Gebirge ist das nicht zu empfehlen. Die Autobahn ist mit Brücken und Tunneln mehrspurig ausgebaut. Auf der alten Straße quält man sich stundenlang die Serpentinen hoch und runter.«

»Ich habe es nicht eilig.«

»Es nervt aber gehörig, ewig hinter einem stinkenden Lkw hinterher zu kriechen, ohne Chance ihn zu überholen. Das wird Ihnen dauernd passieren. Außerdem quetscht man sich durch jedes enge Bergdorf.«

»Vielen Dank für den Tipp. Machen Sie hier Urlaub?«

»Ja, schon zum fünften Mal.«

»Gute Wahl, hoffentlich bleibt das Wetter so freundlich. Ich wünsche Ihnen eine schöne Zeit.«

Zurück im Hotelzimmer überprüfte Papa mit der detaillierten Straßenkarte, was ihm geraten wurde. Die kurvige Landstraße ließ kein Dorf aus. Die Autobahn überquerte die Alpen ziemlich geradlinig. Da es obendrein im Hochgebirge zu kalt zum Offenfahren sein könnte, entschied er sich für die schnelle, bequeme Route.

28

Am Dienstag verschleierte weiße Bewölkung die Sonne. Papa ließ das Dach geschlossen. Auf der Autobahn brauste er den Alpen entgegen. Bewaldete Berge säumten die Strecke. Das graue Gebirge blieb anfangs im Hintergrund. Die Vegetation verschwand mit zunehmender Steigung. Nackte, schroffe Felsen ersetzten sie. Die Wolken ergrauten. Auf den höchsten Gipfeln lag Schnee. Papa bedauerte die Einheimischen, damit auch im Sommer gestraft zu sein. In Hamburg brach, wenn es mal schneite, meistens der Verkehr zusammen. Auch deshalb verabscheute er den Winter.

Nach der Passhöhe ging es vorwiegend bergab. Die Sonne strahlte vom wolkenlosen Firmament. Beim nächsten Parkplatz öffnete er das Dach und genoss die Wärme. Durch die schnellere Route erreichte er schon mittags Schloss Sonnenburg in St. Lorenzen bei Bozen. Das ehemalige Kloster lag auf einem Hügel bei der Vereinigung zweier Gebirgsflüsse. Dem Himmel nah schaute man wie von einem Logenplatz ins liebliche Pustertal. Mittags wurde er delikat beköstigt. Danach ruhte er im Liegestuhl im Klostergarten mit Swimmingpool.

Sein Zimmer war mit Antiquitäten möbliert. Das Bad war hochmodern renoviert. Ihm gefiel die charmante Mischung. Auf dem zierlichen Schreibtisch lag neben dem Telefon ein Notizblock mit dem Wappen des Schlosses und der Telefonnummer des Hotels. Papas fotografisches Gedächtnis für Zahlen erkannte sofort die nahezu vollständige Kongruenz zu Annas Festnetznummer. Nur die letzten beiden Ziffern wichen ab. Sie telefonierten zwar nur zu Geburtstagen aber fürs Zahlenmerken reichte es. Ohne nachdenkliches Zögern tippte er ihre Nummer ein. Nach einigem Tuten meldete sich die vertraute Stimme: »Anna Tietge.«

»Hallo Anna ...«, er wurde unterbrochen.

»Hallo Hans, wo bist du? Auf meinem Display wird eine Nummer aus Südtirol angezeigt.«

»Genau deshalb rufe ich an. Ich bin im Schlosshotel Sonnenburg und habe eben entdeckt, dass die Rufnummern fast identisch sind. Wie geht es dir?«

»Dann bist ja ganz in der Nähe. Was verschlägt dich in diese Nobelherberge?«

»Ich bin auf der Durchreise zum Gardasee.«

»Da hättest du auch bei mir unterkommen können.«

»Ich wusste nicht, dass du so dicht am Weg wohnst. In den Bergen stelle ich mir das immer sehr mühselig vor, von einem Tal ins andere zu gelangen.«

»Ich bin mit dem Auto keine zwanzig Minuten von dir entfernt.«

»Dann würde ich dich gerne morgen zum Mittagessen auf die Sonnenburg einladen. Heute Mittag hat mich die Küche so begeistert, dass du dir das nicht entgehen lassen solltest.« Er hörte nur ihren Atem. Deshalb drängte er weiter: »Hast du ein Auto, oder soll ich dich abholen?«

Drei Mal schnaufte sie leise. Dann fragte sie: »Bist du allein?«

»Meine Haremsdamen sperre ich solange in das Burgverlies.«

»Du Blödmann!«

»Wenn du mir den Weg beschreibst, hole ich dich gern ab.«

»Quatsch! Ich komme gegen 12 Uhr.«

Er jubelte: »Du glaubst nicht, wie ich mich freue.«

Sie seufzte: »Ich mich auch.«

Papa hüpfte zur Rezeption, verlängerte seinen Aufenthalt um einen Tag und reservierte den romantischsten Tisch im Gourmetrestaurant. Er beglückwünschte sich für seine Spontanität. Wenn er zu lange darüber nachgedacht hätte, hätte er möglicherweise nicht telefoniert. Sofort verbat er sich diese rückwärtsorientierten Wenn- und Hätteüberlegungen. Jetzt galt es, zu erledigen, was bis Annas Ankunft vorzubereiten war. Viel gab es hier in der Fremde nicht. Das Hotelzimmer war stets aufgeräumt.

Doch der Cadillac sollte unbedingt präsentabel sein. Auf der Windschutzscheibe und der vorderen Karosserie klebten Unmengen Insektenkadaver. Einen Tag auf der Autobahn tötete erheblich mehr als drei Tage auf der Landstraße. Die Leichen entweihten die wuchtige Chromstoßstange. Außerdem sah man den Matsch auf dem gewölbten, oben dunkel getönten Glas auch von innen. Ursprünglich wollte er das erst am Gardasee beseitigen. Doch der Reisedreck könnte Anna, die Reinliche, ekeln. In der Rezeption brauchte er mehrere Sätze, bis seiner Bitte um Hilfe entsprochen wurde. Zum Glück sprach man deutsch.

Am nächsten Tag erschien, wie vereinbart, nach dem Frühstück der Gärtner, der auch den Swimmingpool reinigte, also fast ein Experte. Er brachte Bürsten, Lappen, Glasreiniger und einen Eimer mit heißem Wasser mit. Er übernahm die Nassarbeiten. Papa trocknete und polierte. Dadurch blieben seine Hände geruchsfrei. Den Duft von Reinigungsmittel an den Fingern verabscheute er. Der verschwand glücklicherweise schneller als von Ketchup oder gar Benzin. Dem törichten Drang, immer wieder an stinkenden Fingern zu schnuppern, widerstand er nie. Nach einer Stunde erstrahlte der Wagen fleckenlos. Hochzufrieden drückte Papa dem Gehilfen einen Geldschein in die Hand.

Die Zeit bis zu Annas geplanter Ankunft zwang er sich zu lesen. Es gab zu viele Unbekannte, um vorher Vernünftiges zu durchdenken. Ob Vernunft überhaupt gefragt war, bezweifelte er obendrein.

29

Viertel vor 12 Uhr legte Papa das Buch zur Seite und begab sich in die menschenleere Lobby. Er setzte sich so, dass er den Eingang beobachten konnte. Unter den dort ausliegenden Tageszeitungen fand er eine Hochglanzimagebroschüre über Südtirol. Der umfangreiche Artikel über den Apfelanbau weckte sein Interesse. Anna stammte aus einer schweigsamen Apfelbauernfamilie im Alten Land. So heißt die trockengelegte Region südlich des Elbdeichs. Ihr ältester Bruder hatte den Betrieb in der vierten Generation übernommen. Einige unverheiratete Schwestern halfen ihm, Anna früher auch. In dem Bericht wurde behauptet, dass in Südtirol das größte, zusammenhängende Obstanbaugebiet Europas sei. Das überraschte Papa, angesichts der riesigen Plantagen, die er bei Hamburg gesehen hatte. Erklärt wurde das hiesige Ausmaß durch das geschützte, inneralpine Klima. Papa vermutete, dass in einem Prospekt des Alten Lands der Größenvergleich umgekehrt ausgefallen wäre.

Das Klicken von Frauenabsätzen auf dem antiken Abteisteinboden riss ihn aus der Lektüre. Anna schritt in die Lobby, schaute sich im Halbdunkel um und entdeckte Hans am Fenster sitzend. Ihr suchendes Gesicht erstrahlte. Papa sprang auf und eilte ihr entgegen. Auf halben Wege umarmten sie sich länger als üblich, aber verständlich nach der sechzehnjährigen Trennung. Er spürte, wie sie etwas bebte. Beide atmeten tief. Statt sich zu küssen, lösten sie sich und traten einen Schritt zurück, um sich zu betrachten. Ihr früher dichtes, blondes Haar war grausträhnig und dünner, reichte aber noch bis zu den Schultern. Sie trug es offen, was ihm immer am besten gefallen hatte. Neue, kleine Bäckchen rundeten ihr an sich schmales Gesicht. Ihr Blick war unverändert frisch. Ein Schmunzeln umspielte ihre

Lippen: »Nun schleime nicht, ich hätte mich nicht verändert. Aber du hast dich wirklich toll gehalten.«

»Danke. Darf ich mich wenigstens freuen, dass du dir nicht die Haare hast schneiden oder gar färben lassen? Was war denn *deine* größte Sorge hinsichtlich meiner Vergreisung?«

Sie lachte: »Hochschwangerer Rentner mit brauner Perücke.«

Papa strich sich über den Bauch: »Ich schätze, höchstens dritter Monat. Aber da kennst du dich besser aus. Die Wahl des Toupets überlasse ich dir.«

Beide kicherten.

»Willst du dich nach der Reise erst mal frisch machen, oder bist du durstig oder darf ich dir den Klostergarten zeigen?«

»Die Zwanzigminutenreise habe ich ganz gut überstanden. Aber etwas Anderes würde ich gern sofort klären. Der einzige Wagen auf dem Parkplatz mit hamburger Nummernschild ist ein amerikanischer Straßenkreuzer. Bist du damit unterwegs?«

Versonnen nickend fragte er: »Willst du dich mal reinsetzen?«

Anna grinste: »Wer das nicht will, wäre ein noch größerer Spinner als du.«

Papa ergriff ihre Hand und führte sie zum Stellplatz. Neben dem fast sechs Meter langen Cadillac wirkte ihr Fiat 500 wie ein Spielzeugauto. Er öffnete ihr die Beifahrertür. Sie setzte sich auf die breite Lederbank. Er nahm am Lenkrad Platz, löste zwei Handgriffe über der Windschutzscheibe und drückte den Knopf zum Öffnen des Dachs. Die Hydraulik hob jaulend das Segeltuch schräg nach oben und versenkte es sanft hinter der Rückbank.

Anna schaute zum blauen Himmel und jubelte: »Was für ein Freiheitsgefühl! Was für ein bequemes Sofa! Und fahren kann es auch!«

»Wenn wir hier nicht auf der Bergspitze wären, würde ich mit dir mal kurz um den Block fahren.«

»Gurkst du mit diesem Ungetüm auch in Hamburg herum?«

»Keine Sorge, für die Stadt habe ich mir die kleine A-Klasse von Mercedes gekauft. Dieser Traumwagen ist gemietet.«

Anna schien erleichtert: »Dann fährst du nicht mehr mit dem Leichenwagenmodell umher.«

»Mein letzter ist mir neulich gestohlen worden.«

Sie schwiegen einen Augenblick. Hans empfand es nicht als bedrückend. Dann sagte Anna: »Du wusstest doch, dass ich in Südtirol lebe. Warum hast du dein Kommen nicht vorher angekündigt?«

»Ich hatte das wirklich nicht vor. Mein Ziel ist der Gardasee. Erst als ich im Hotel fast deine Telefonnummer entdeckte, vermutete ich, dass du in der Nähe sein müsstest.«

»Aber einfach vorzufahren, trautest du dich nicht.«

»Ich wollte dich nicht mit deinem Latino-Lover überraschen. Der hätte mich womöglich abgestochen.«

Anna lachte: »Es hat hier nie einen Lover gegeben und einen Messerstecher schon gar nicht. Aber wo wir schon beim Thema sind. Warum hast du deine Ostzonenmieze nicht mitgenommen?«

Hans verdrehte die Augen: »Wann glaubst du mir endlich? Ich habe keine Weibergeschichten, weder privat und beruflich erst recht nicht.«

Anna schnaufte: »Dann lass uns auf diese Wahrheiten anstoßen und dabei tief in die Augen schauen, damit diese schmerzlichen Verdächtigungen für alle Zeit hintergespült und vergessen werden.«

Erleichtert atmete Hans aus: »Ich weiß, wo sie uns hier dafür einen angemessenen Tropfen kredenzen.«

Hand in Hand schlenderten sie ins Restaurant. Sie waren die ersten Gäste und entschieden sich für den Ecktisch am Fenster mit malerischer Aussicht ins liebliche Tal. Zum Tagesmenü ließen sie sich den passenden Rotwein empfehlen. Beim Erklingen der gefüllten Weinkelche blickten sie sich lange in die Augen. Hans las in ihrem reinen

Blick einen Hoffnungsschimmer. Ob Anna in seinen Augen die freudige Überraschung sah, die in ihm brodelte, blieb ihm verborgen. Den edlen Wein lobten sie. Er mundete dem Anlass gebührend.

Nach der leckeren Vorspeise fragte Anna: »Wielange willst du am Gardasee bleiben?«

»Vier Tage.«

»Das wird dir nicht gefallen. Es sei denn, du bist zum Eisschwimmer mutiert. Ich will dir den Gardasee nicht ausreden, es ist nicht verkehrt, ihn mal gesehen zu haben. Aber nach dem ersten Bad im Gletscherwasser war ich bedient.«

»Das hätte ich im Juli nicht erwartet. Dabei hatte ich mich besonders aufs Baden im warmen Wasser gefreut.«

»Ging mir auch so. Vor dieser Enttäuschung warnt einen keiner. Es gibt aber eine wesentlich reizvollere Alternative.«

Hans mutmaßte: »Saint-Tropez?«

»Nein, viel näher, ungefähr so weit wie zum Gardasee, also nur drei Stunden.«

»Nun sag schon.«

»Der Wörthersee wird wegen der angenehmen Wassertemperatur Österreichs Badewanne genannt.«

»Dann liegt der wahrscheinlich südlich der Alpen. Auf der Hinfahrt habe ich nur in Burgen und Schlössern übernachtet. Gibt es dort auch so etwas?«

»Ja, das Schlosshotel in Velden, kann ich aber nicht empfehlen. Der alte Prachtbau steht auf der falschen Straßenseite. Den dazugehörigen neuen Glaspalast haben sie zwar auf der Seeseite aber an der lautesten Kreuzung errichtet. In Velden würde ich das Seehotel Europa vorziehen. Das verfügt über ein privates Seeufer und ist ruhiger gelegen.«

»Komme doch mit!«

Anna starrte Hans überrascht an. Dann lächelte sie:»Wollen mal sehen.«

Der Hauptgang wurde serviert und der Wein nachgeschenkt. Schweigend genossen sie das zarte Fleisch und die aromatische Soße. Als die leeren Teller abgeräumt waren, fragte Hans:»Warum bist du damals nach dem Urlaub nicht zu mir nach Hamburg zurückgekehrt?«

»Warum bist damals nicht mitgekommen oder wenigstens zu mir nachgekommen?«

»Ein wichtiger Mandant brauchte mich wirklich ganz dringend. Bei seiner Filiale in Dresden wurde aus einer steuerlichen Betriebsprüfung ein Steuerfahndungsfall. Da konnte ich ihn unmöglich allein im Regen stehenlassen und mich in die Sonne legen. Das hatte ich dir damals schon erklärt. Du hast es nur nicht akzeptiert. Trotzdem verstehe ich immer noch nicht, warum du dortgeblieben bist.«

Anna holte tief Luft:»Du wurdest in Dresden gebraucht, ich hier in Südtirol auf dem Apfelbauernhof mit Ferienzimmern. Schon zuhause weinte ich damals heimlich. Du warst oft tagelang in den neuen Bundesländern. Lars studierte in Mannheim. In Hamburg hatte ich keine Aufgabe. Keiner brauchte mich. Hier war ich ohne dich noch trauriger. Dann geschah ein furchtbares Unglück. «

»Was war passiert?«

»Franzl, der Apfelbauer, war beim Paragleitflug im Gebirge abgestürzt. Erst Tage später wurde seine Leiche geborgen. Gretel, seine Frau, war völlig fertig. Ich kümmerte mich zunächst um Claudio, ihren zweijährigen Sohn. Die anderen Feriengäste erwarteten weiterhin Frühstück, Wäschewechsel und Saubermachen. Franzl war für die Obstplantage zuständig gewesen, Gretel für Kind und Ferienbesucher. Für externes Personal reichte es nicht. Franzls Eltern hatten nach Claudios Geburt den Hof auf Franzl übertragen und waren nach Australien ausgewandert.«

»Was für ein Drama!«

Anna schnaufte: »Zum Glück hatte ich im Betrieb meines Vaters viel über die Arbeit auf einer Obstplantage gelernt. Gretel war auf einer Hotelfachschule ausgebildet worden. Entsprechend unseres Wissens teilten wir uns die Aufgaben. Nach Höhen und Tiefen schafften wir es, den Laden gedeihen zu lassen. Im Herbst wird Claudio an der Uni in Triest studieren. Dann wird Gretel vielleicht den feschen Sohn eines Nachbarhofs erhören. Er baggert sie schon einige Zeit an. Das heißt, ich werde hier absehbar entbehrlich.«

Hans rief begeistert: »Und in Hamburg wirst du vermisst wie nie zuvor. Ich bin seit Anfang des Jahres im Ruhestand und weiß allein nichts anzufangen. Lars und Julia, deine Schwiegertochter, würden Ben, unseren Enkel, liebend gern ab und zu in unsere Obhut geben, um zu zweit etwas zu unternehmen. Mir trauen sie da nicht viel zu.«

Anna schmunzelte: »Kann ich verstehen.«

»Was gibt es denn da zu lachen?«, empörte sich Papa zum Schein.

Das Dessert wurde serviert. Sie mussten sich überwinden, das malerische Kunstwerk zu löffeln. Der Wohlgeschmack belohnte den Frevel. Hans hakte nach: »Na, was sagst du?«

Anna schaute ihn fragend an: »Meinst du das Essen? Das war fantastisch.«

»Stimmt, aber ich meinte mehr die gemeinsame Reise an den Wörthersee und vor allem unsere Wiedervereinigung in Hamburg.«

Anna schloss die Augen und atmete mehrmals tief durch. Dann erwiderte sie mit einem wehmütigen Lächeln: »Das kommt mir arg plötzlich. Dein spontaner Anruf führte zu diesem ersten Treffen nach etlichen Jahren. Dafür musste ich bereits einiges umorganisieren. Ich bin hier voll integriert. Einfach so für ein paar Tage zu verreisen, brächte vieles durcheinander und ...«

»Aber uns wieder zusammen.«, unterbrach Hans sie, »dass eine kurzfristige Abwesenheit etwas durcheinanderbringt, ist normal.

Das geht jedem so. Aber uns könnte es eine gemeinsame Zukunft eröffnen. Zumal ich dich so dringend brauche. Das ist mir, ehrlich gesagt, erst durch dieses Gespräch bewusst geworden.«

»Wieso brauchst du mich plötzlich so dringend?«

Hans senkte den Blick und schniefte: »Seit ich nicht mehr in die Firma darf, suche ich wie blöd nach etwas, was mich motiviert, morgens aufzustehen. Ich habe schon einiges versucht. Lars könnte dir darüber Arien singen.«

»Was hast du denn angestellt?«

»Das erzähle ich dir später Mal. Jetzt sollten wir uns die nächsten gemeinsamen Schritte überlegen.«

Anna neigte den Kopf und schwieg.

Hans schlug vor: »Wir brauchen ja nicht gleich morgen früh aufbrechen. Wenn du nachher nach Hause kommst, informierst du Gretel, damit sie alles umorganisieren kann. Du packst, was du mitnehmen willst. Ich buche uns die Hochzeitssuite im Seehotel Europa. Nach dem Frühstück checke ich hier aus und gondel gemütlich zu dir. Du zeigst mir den Hof und die Plantage. Nachmittags entscheidest du, ob und wann wir losfahren. Einverstanden?«

Anna lehnte sich zurück: »Dränge mich bitte nicht so. Ich brauche Zeit, um alles zu bedenken. Lass uns morgen telefonieren.«

Hans schnaufte vor Enttäuschung. Minutenlang lastete Stille zwischen ihnen. Schließlich überwand er sich: »Wann darf ich dich anrufen?«

»Ich rufe dich an.« Diese plötzliche Schärfe ihrer Stimme kannte er. Sie duldete keine weitere Diskussion oder gar Widerspruch. »Und jetzt zeigst du mir den Klostergarten.«, fuhr sie in freundlicherer Modulation fort.

Der größte Teil des ursprünglichen Gartens war dem Swimmingpool geopfert worden. Drumherum blühten Pflanzen in steingefassten

Beeten. Das Rot des Klatschmohns dominierte. Unterhalb der südlichen Ringmauer war der historische Apothekergarten der Äbtissinen wieder angelegt worden. Über 200 Heilkräuter nach der Lehre der Hildegard von Bingen schufen ein betörendes Potpourri aus Farben und Düften.

Ihr Spaziergang endete auf dem Parkplatz. Hans umarmte Anna zum Abschied und wisperte: »Du hast meine Telefonnummern. Lass mich bitte nicht zu lange schmoren. Hoffentlich bis bald, meine liebe Anna.«
Anna hauchte mit ebenso belegter Stimme: »Mein lieber Hans, ich rufe dich an.«
Der kleine Fiat preschte vom Abstellplatz und ließ den großen Cadillac allein zurück. Hans winkte. Tränen stiegen ihm in die Augen. Auf dem Weg ins Hotelzimmer flossen sie über die Wangen. Im Badezimmer trocknete er sein Gesicht. Wann er zuletzt geweint hatte, erinnerte er nicht. Mit verkrampftem Herz warf er sich aufs Bett. Nach einer uneinschätzbaren Weile prüfte er, ob das Telefon in Reichweite stand.

Stunden später zwang er sich, aufzustehen. Siedendheiß fiel ihm ein, das Smartphone einzuschalten. Eine verpasste Nachricht wurde nicht angezeigt. Bevor er das Zimmer verließ, informierte er die Rezeption, dass er auf ein wichtiges Telefonat warte und gegebenenfalls aus dem Restaurant geholt werden solle. Mehr als eine Boule Minestrone bekam er nicht herunter. Was er angesichts der Feinschmeckerküche für dämlich aber verständlich hielt. Es ging ihm so, wie den Seekranken beim Captain`s Dinner.

Zurück im Hotelzimmer stornierte er per E-Mail das reservierte Hotel am eisigen Gardasee. Um positiv zu handeln, suchte er im

Internet das Seehotel Europa in Velden am Wörthersee. Die Texte, Fotos und besonders die Lage direkt am See mit großem Privatpark gefielen ihm. Die Onlinebuchung der Suite mit Balkon und Seeblick wurde umgehend bestätigt. Nur von Anna hörte er nichts. Um Mitternacht legte er sich aus Vernunftgründen ins Bett. Mit Schlaf rechnete er nicht. Dafür wogte die Sehnsucht zu stark.

30

Irgendwann war Hans doch eingeschlafen. Gegen 8 Uhr morgens weckten ihn Geräusche im Gang. Er schreckte hoch und kontrollierte im Smartphone, ob Nachrichten eingetroffen waren. Enttäuscht schaltete er es aus und bestellte telefonisch ein kleines Frühstück aufs Zimmer und versprach auf Nachfrage, bis 10 Uhr auszuchecken.

Er würgte das an sich köstliche Brötchen mit ungesüßtem Kaffee herunter. Zucker hätte nicht zur trüben Stimmung gepasst. Statt wie sonst ordentlich zu packen, stopfte er planlos alles in die Reisetaschen. Beim Bezahlen versuchte er, seine Trauer zu verbergen. Die Rezeptionistin sollte nicht mitleiden. Dafür warf er das Gepäck umso wütender in den Kofferraum und knallte die Haube zu. Im Wagen umkrallte er das Lenkrad. Die Fingerknöchel traten weiß hervor. Mit geschlossenen Augen atmete er solange tief durch, bis er es riskierte, abzureisen. Trotz des warmen Wetters öffnete er nicht das Dach. Langsam und konzentriert bugsierte er das Riesenschiff die Serpentinen zur Landstraße hinunter. Dort zögerte er, um sich zu entscheiden. Nach links ginge es zu Anna nach rechts zum Wörthersee. Er schüttelte resigniert den Kopf und bog nach rechts ab.

Die ersten paar Kilometer meinte er, es überstanden zu haben. Er versuchte, sich auf das Warmbaden zu freuen. Tatsächlich steigerte sich jedoch mit zunehmender Distanz die Sehnsucht. Langsam krochen Tränen heraus und trübten die Sicht. Zum Glück näherte er sich einer Tankstelle. Papa scherte aus, parkte seitlich und trocknete sich die Augen. Dann nutzte er die Gelegenheit, den Tank aufzufüllen. Dabei entdeckte er einen Zinkeimer an der Eingangstür. In dem steckten eng gepresst rote Rosen mit einem Schild ›10 Stück

5,00 Euro‹. An der Kasse bat Papa den Tankwart, so viel wie möglich in eine Plastiktüte zu stopfen. Es passten fünfzig hinein. Bevor er losfuhr, öffnete er das Dach. Bei der Abzweigung zur Sonnenburg lenkte er pfeifend geradeaus weiter und winkte mit trockenen Augen zur Abtei hoch.

Eine Viertelstunde später säumten nur noch Obstbäume den Weg. Die einheitlich gestutzten Bäumchen standen wie Zinnsoldaten in Reih und Glied die Hügel entlang. Nach zehn Minuten kündigte ein hölzerner Wegweiser die Zufahrt zu Annas Apfelhof an. Vor dem breiten dreistöckigen Haus mit Schindeldach und bunten Fensterläden parkten vier Pkws mit Kennzeichen aus Italien und Österreich. Hans stellte sich neben Annas Fiat und hupte. Kinder lugten um die Gebäudeecke. Zwei Jungs rasten johlend zum Cadillac. Hans mahnte:»Nur gucken! Nicht anfassen! Sonst springt der böse Wolf heraus und beißt euch die Pfoten ab.« Deutsch verstanden die grapschenden Dreckspatzen offensichtlich nicht. Aus dem schmucken Gebäude trat eine Frau im Dirndlkleid. Die dralle Vierzigjährige schaute freundlich mit fragendem Blick:»Grüß Gott?«
»Ich heiße Hans Tietge und suche Anna Tietge.«
»Ach hallo, ich bin die Gretel. Anna habe ich heute noch gar nicht gesehen. Ich hole sie geschwind.«
Sie verschwand im Haus und stapfte hörbar eine Holztreppe hoch. Mehrmals rief sie:»Anna wo bist du. Du hast Besuch.«
Gretel eilte hinaus:»Sie ist fort. Ihr Wagen steht hier. Sie muss zu fuß unterwegs sein, ohne Bescheid zu geben. Das ist seltsam.«
»Müssen wir uns Sorgen machen? Wo könnte sie denn hingegangen sein?«
Sie runzelte die Stirn:»Vielleicht zur Hütten. Ich tucker mal hin.«
»Darf ich mitkommen?«

Gretels Blick wanderte von Papa, in feiner Leinenhose und gebügeltem Oberhemd, zum funkelndem Cadillac: »Der Trecker hat aber nur einen ungepolsterten Notsitz an der Seite.«

»Egal.« Er schloss das Cabriodach und holte aus dem Kofferraum die Tüte mit den roten Rosen. Eine zog er aus dem Bündel und überreichte sie ihr. Sie knickste vor Überraschung und brachte sie geschwind nach drinnen. Gemeinsam eilten sie hinter das Gebäude. In dem Schuppen dort bestiegen sie einen offenen Trecker. Gretel startete das schmale Gefährt. Anfangs stieß vorne das senkrechte Auspuffrohr rußigen Qual aus. Hans hockte seitlich auf dem Schutzblech über dem hohen Hinterrad, die Blumentüte zwischen die Knie geklemmt. Mit lautem Töfftöff tuckerten sie den Hang hoch und bogen in die obere Schneise der Baumreihen. Junge Äpfel belasteten die Zweige, auf beiden Seiten zum Greifen nah. Gretel wandte sich um: »Von dem Hollywood Traumwagen hat Anna gar nichts erzählt.«

Papa schmunzelte: »Ist ja auch kein Thema für Frauen. Dafür weißt du wahrscheinlich, was wir an hatten.«

Die erste Hütte kam in Sicht. Gretel stoppte, ließ den Motor laufen, sprang vom Bock und flitzte in die Bretterbude. Wind und Wetter hatten das Holz geschwärzt. Von drinnen hörte Hans sie mehrmals Anna rufen. Kopfschüttelnd kam sie heraus und brauste auf der holprigen Schneise weiter zum nächsten Hang. Im zweiten Schuppen trafen sie Anna auch nicht an. Gretels Mundpartie verhärtete sich. Das bedrückte Hans. Er wagte, nicht zu fragen, wie viele Unterstände noch infrage kamen.

Endlich tauchte eine weniger verwitterte Hütte mit Tür auf. Sie quietschte beim Aufreißen. Gretel stürmte hinein und rief. Nach lähmender Stille sagte sie: »Schau mal, wen ich mitgebracht habe.«

Papa durchströmte Erleichterung. Sie rauschte vom Kopf bis in die Fußspitzen. Zusammen traten die beiden Frauen ins grelle Sonnenlicht. Gretel war geblendet. Annas Augen waren tränenblind. Hans hüpfte vom Trecker und rannte zu ihr. Ihm kamen die Tränen. Sie umarmten sich Wange an Wange so lange, dass Gretel die Geduld verlor und den Traktor wendete:»Ihr habt gewiss einiges zu besprechen und kennt den Weg zurück.« Sie hielt die Blumentüte hoch und fragte:»Soll ich die mitnehmen?«

»Aber keine stibitzen! Die neunundvierzig Rosen sind abgezählt und alle für Anna.«

Lachend tuckerte sie davon. Hand in Hand wanderten Anna und Hans zwischen den Obstbäumen. Nach einigen Schweigeminuten räusperte sich Hans:»Warum hast du nicht angerufen? Du glaubst nicht, wie ich gelitten habe.«

»Gretel und ich haben bis tief in die Nacht diskutiert und dabei reichlich Wein getrunken. Um 3 Uhr hatten wir uns entschieden. Da wollte ich dich aber nicht wecken. Lange hatte ich mich im Bett gewälzt. Schließlich bin ich dann doch eingeschlafen und erst um 10:30 Uhr aufgewacht. Ich habe dich sofort angerufen. Du warst schon abgereist. Dein Handy war nicht erreichbar. Seit dem heule ich und habe mich in der hintersten Hütte verkrochen. Wann bist du losgefahren?«

»Ich sollte das Zimmer bis 10 Uhr räumen. Länger hätte ich es eh nicht ausgehalten. Dich durfte ich ja nicht anrufen. Deshalb verstand ich die Message der Schweigerin als stille Absage.«

Anna schniefte:»Wohin bist du gefahren?«

»Richtung Wörthersee. Ich hatte uns eine Suite im Seehotel Europa gebucht.«

»Wie lieb! Warum bist du umgekehrt?«

Hans schluckte:»Tränen der Enttäuschung trübten meinen Blick, aber zum Glück nicht meinen Verstand. Telefonisch oder gar schriftlich wäre es bescheuert, unsere Zukunft zu klären, wo es jetzt persönlich direkt vor Ort möglich ist. Wie hattest du dich denn letzte Nacht überhaupt entschieden?«

Annas Augen blitzten: »Heute packen und alles vorbereiten. Wir übernachten hier. Morgen, am Freitag, fahren wir zum Baden nach Velden. Am Dienstag bringst du mich zurück oder ...«, sie zögerte.

Hans sprang ein: »Oder wir reisen zusammen nach Hamburg.«, er holte tief Luft: »Das wäre mein sehnlichster Wunsch.«

»Meiner auch.«, flüsterte sie und umarmte ihn. Sie küssten sich stürmisch und nass wie in alten Zeiten. Sie versprachen sich hoch und heilig, ab jetzt immer alles offen zu besprechen und nichts zu verschweigen. Den Schwur besiegelten sie mit drei intensiven Bussis.

Dann trollten sie zwischen den Bäumen talwärts. Die Zweige waren dicht an dicht mit Äpfeln besetzt. Hans gestand: »Ich würde zu gern mal einen probieren. Besonders die Roten locken.«

»Du wärst enttäuscht. Die sind einfach nur hart und sauer. Frühestens in sechs Wochen, wenn die Kerne sich dunkel verfärbt haben, werden sie saftig und süß. Jetzt wäre es eine Sünde, die schon mal mit der Vertreibung aus dem Paradis geahndet wurde.«

Im Bauernhof empfing sie Gretel: »Ich habe uns Kaffee und Knusperchen angerichtet.«

Anna freute sich: »Das kann ich brauchen. Ich habe noch nicht gefrühstückt.«

Sie setzten sich an den Zehnpersonenesstisch in der Küche. Auf dem prangte der üppige Rosenstrauß. Vier Tassen und Teller waren eingedeckt. Bevor Hans fragen konnte, warum für vier, erklärte Gretel: »Claudio müsste gleich aus der Schule kommen. Es sind seine letzten Tage. In einer Woche erhält er sein Abiturzeugnis.«

Wie auf Kommando knatterte draußen ein Moped. Dann erschien der Achtzehnjährige, grüßte lässig und sprach sofort Hans auf den Cadillac an:»Was für ein geiler Schlitten! Welches Baujahr?«

»1972, V8 mit 8,2 Liter, um deine nächste Frage vorweg zu beantworten.«

Claudio rechnete mit halbgeschlossenen Augen:»Krass! Vierundvierzig Jahre und sieht aus wie neu! Respekt! Wo haben Sie den her?«

»In Hamburg gemietet. Nenne mich gerne Hans, wenn ich Claudio sagen darf.«

»Hans finde ich cool.«

Gretel schaltete sich ein:»Wir sollten die Aufgaben für den Rest des Tages verteilen. Ich koche uns ein Mittagessen. Derweil führt Anna Hans durch das Haus. Nachmittags packt sie ihre Sachen. In der Zeit zeigt Claudio Hans die Plantage und ich bereite einen Abschiedsschmaus für heute Abend zu.«

Alle waren einverstanden. Claudio ergänzte:»Hans muss mir aber unbedingt seinen Straßenkreuzer vorführen.«

Hans griente:»Wie so oft, kommt das Wichtigste zuletzt.«

Die Führung durch das Haus begann im dritten Stock. Die ehemaligen Gesinderäume waren klein und wurden heute als günstige Fremdenzimmer mit ›fließend kaltem und warmen Wasser‹ vermietet. Hier gab es ein Gemeinschaftsbad und mäßige Dachschrägen in den Seitenräumen. Im zweiten Geschoss waren die Zimmer und Fenster größer und mit vollständigen Badezimmern ausgestattet. Hier wohnte Anna und Feriengäste. Im Erdgeschoss lag neben der riesigen Küche die gute Stube. In der wurde früher Weihnachten gefeiert und der Pfarrer oder Notar empfangen. Jetzt flimmerte hier abends der Fernseher. Auf der anderen Seite der Küche hatten Gretel und Claudio ihre Zimmer mit Bädern. Alles machte einen gediegenen

Eindruck, weder schäbig noch luxuriös. Die Türen und viele Möbel waren aus unbehandeltem Holz gezimmert, zum Teil verziert, aber nicht gestrichen oder furniert. Hans fragte sich im Stillen, ob es bei Bedarf einfach mit Schmirgelpapier gereinigt wird.

Gretel servierte ihnen Topfen-Kräuter-Nocken mit Südtiroler Bergkäse und Tomatenwürfeln. Hans langte kräftig zu. Nach dem Mittagessen lenkte Claudio den Traktor in die Plantage. Hans hockte wieder auf dem Notsitz. Diesmal genoss er die Aussicht ins grüne Tal und auf das graue Gebirgsmassiv im Hintergrund. Sie tuckerten ein paar Kilometer auf einer Landstraße, um ins nächste Anbaugebiet zu gelangen. Claudio berichtete: »Seit drei Wochen habe ich meinen Führerschein. Jetzt darf ich hier endlich auch offiziell fahren.«

»Ach, vorher nur im Dunkeln?« Sie grinsten sich an.

Hans befürchtete, dass sie weitere Apfelhänge erklimmen würden. Doch Claudio steuerte auf den asphaltierten Platz vor einem großen, fensterlosen Gebäude. Sie stiegen ab, schoben das breite Tor auf und betraten die fast leere Halle. »Zur Erntezeit von August bis November ist hier mehr los.«

Auf einer Seite erkannte Hans im schummrigen Licht mannshohe Palettenstapel, auf der anderen türmten sich Holzkisten. Im Zentrum stand ein imposantes Monstrum. »Das ist unsere Sortiermaschine.«

»Sorgt die dafür, dass es im Supermarkt nur gleichgroße Äpfel gibt?«

Claudio nickte.

»Wo bleiben die Kleinen und die Großen?«

»Die Unverkäuflichen gehen in die Versaftung.«

Hans bedauerte: »Schade, dass keine XS und XL angeboten werden. Ich würde sie gern kaufen.«

»Wir würden sie auch gern verkaufen. Aber der Handel hört weder auf Erzeuger noch auf Verbraucher.«

Hans streckte die Faust in die Höh und skandierte:»Alle Macht den Essern!«

Wieder grinsten sie sich an.

Auf dem Weg zum Trecker wischte Claudio auf seinem Smartphone herum und lächelte:»Natalie vermisst mich und hat ein Selfie geschickt.«

Hans linste ihm über die Schulter auf das Display und sah ein entzückendes Mädchengesicht in Claudios Alter.»Ist Natalie deine Flamme?«

Claudio schaute erst leicht irritiert, dann nickte er und schlug vor: »Wir senden ihr ein Gruppenselfie. So weiß sie, wo ich mit wem bin.« Er hielt das Gerät in Armlänge vor sie, kontrollierte das Ergebnis und übertrug es mit einem kurzen Text. Das dauerte nur Sekunden.

Hans erkundigte sich:»Schickt Natalie dir oft Fotos von sich?«

»Normal, so wie die anderen, schätze ich.«

»Bekommt sie auch Selfies von dir?«

Claudio grinste:»Manchmal schon.«

Zurück tuckerten sie auf der Landstraße. Hans war froh. Die Überdosis Obstbäume reichte ihm. Den Cadillac umtanzte eine junge Frau mit Smartphone vor den Augen. Aus der Nähe erkannte Papa Natalie. Nach der Begrüßung schlug er vor:»Wenn ihr wollt, fotografiere ich euch im offenen Wagen. Dafür möchte ich aber ein Gruppenselfie mit Natalie.«

Claudio hielt auf Video fest, wie sich das Dach öffnete. Er setzte sich ans Lenkrad, Natalie daneben. Beide strahlten wie Hollywoodstars. Dann produzierte Papa eine Dauerselfieserie auf seinem Smartphone mit Natalie. Damit die Köpfe dichter zusammen ins Bild rückten, legte er den Arm um ihre Schulter.

Um Claudio wieder heiter zu stimmen, zeigte er ihm, was die kolossale Motorhaube verbarg. Trotz des großvolumigen Motors herrschte um ihn herum nicht die heute übliche Enge. Auch hier sah alles wie neu aus.

»Das ist also der legendäre Big Block.«, fachsimpelte Claudio.

Hans nickte.

»Ich sage mal deiner Mutter guten Tag.«, verdrückte sich Natalie.

Gretel spannte sie in der Küche gleich mit ein. Dafür durfte sie beim Abendessen neben Claudio sitzen. Bei dem köstlichen Abschiedsfestmahl wurde vorwiegend über die bevorstehende Ernte ohne Anna gesprochen. Claudio und Natalie versprachen: »Wir gehen erst ab Mitte Oktober nach Turin an die Uni. Dann ist unser Obst fast vollständig geklaubt.«

Gretel versicherte: »Die paar Spätäpfel danach schaffe ich leicht allein. Sonst ist wenig zu tun. Claudio ist aus dem Haus und Gäste sind nicht zu erwarten.«

Anna verlangte: »Zögert aber nicht, mich bei Problemen zu rufen. Ich bin nicht völlig aus der Welt.«

Natalie beruhigte sie: »Zur Not kommen wir aus Turin. Das liegt 1.000 km näher.«

Papa schien, dass Annas Bedenken aus ihrem familiären Hintergrund rührten. Zur Erntezeit haut man nicht ab. Da packen alle mit an. Ihn langweilte das Hoffen und Bangen, ob der Granny Smith dies Jahr nicht gar zu sauer bleibe und der Pink Lady® rechtzeitig vor dem ersten Frost reifen werde.

Er schlug Gretel vor: »Was du nicht schaffst, lässt du einfach hängen. Die werden schon von selbst abfallen und den Boden düngen.«

Die Runde tauschte Blicke und schwieg betreten.

Gretel wechselte das Thema: » Ich freue mich für euch. Am Wörthersee werdet ihr es gewiss schön haben.«

Anna und Hans hatten es sogar schon diese Nacht im gemeinsamen Bett auf dem Apfelhof schön.

31

Beim Frühstück mit Gretel schwiegen sie um die Wette. Keiner wagte, den Unbekümmerten zu markieren. Annas Gepäck offenbarte ihre Umzugsabsicht. Bislang hatte Hans seine zwei Reisetaschen einfach in den üppigen Kofferraum geworfen. Jetzt gelang ihm erst im dritten Anlauf, die vielen Gepäckstücke zu verstauen. Wegen des Offenfahrens schied die Rückbank als Ladefläche aus. Zum Glück hatte Anna, was sie die nächsten Tage brauchte, in einen Koffer gesteckt. Das ersparten ihnen, immer wieder alles aus- und einzuladen. Nur auf voluminöse Souvenirs würden sie verzichten müssen.

Zum Abschied hielt Anna Gretel lange und innig um. Hans fasste sich und sie kurz. Bis sich die Winkerinnen nicht mehr sahen, glitt das offene Cabrio langsam vom Hof. Dann beschleunigte Hans. In ihm kribbelte es wohlig. Bei Anna vermutete er zwiespältige Gefühle. Trennungsschmerz und Wiedervereinigungsglückseligkeit rangen miteinander und übertünchten Urlaubsvorfreude. Das gemütliche Reisen im sanft wiegenden Auto ließ den Frohsinn obsiegen.

Zwei Stunden später kehrten sie wenige Kilometer nach Lienz beim ›Tirolerhof‹ in Dölsach ein. Das Restaurant hatte er im Internet entdeckt. Es lag optimal und versprach ein kulinarisches Erlebnis. Seine Erwartungen wurden erfüllt.

Die Weiterfahrt nach Velden am Wörthersee dauerte eineinhalb Stunden. Im Seehotel wurden sie herzlich empfangen. Das geräumige Zimmer mit Balkon und Seeblick begeisterte sie. Am Nachmittag besichtigten sie die weitläufige Hotelanlage. Der gepflegte Park erstreckte sich bis zum Seeufer mit privatem Badesteg. Es gab reichlich Sonnenliegen auf mehreren Hangebenen. Sie flanierten auf der Seepromenade ins Zentrum. Auf dem Rückweg waren sie überzeugt, dass sie im besten Hotel wohnten. Das Abendessen und das Morgenessen bestätigten ihr Urteil.

Gleich nach dem Frühstück suchten sie zwei Liegen. Anna korrigierte Hans` Vorschlag:»Deine stehen zwar dichter am See, sind aber den ganzen Tag schattenlos. Bei diesen beiden dort wandert der Baumschatten über sie, sodass die Mittagshitze erträglicher wird.« Er gestand, dass er das nicht berücksichtigt hatte. Ihm gefiel, wie harmonisch sie wieder zusammenlebten. Im Laufe der Stunden bemerkte er, dass er eine Unart aufgeben sollte. Die hatte er sich als Getrennter angewöhnt. Wenn eine attraktive Frau in Sicht kam, beobachtete Anna ihn, wie und wie lange er glotzte. Wenn ihre Toleranzgrenze überschritten wurde, verfinsterte sich ihr Blick und gipfelte in spitzen Bemerkungen. Bei den vielen Bikinimädchen um sie herum, war ungewohnte Zurückhaltung dringend geboten. Zumal einige der Halbnackten hochbegabt aussahen. Begabung maß er in Zentimetern Oberweite.

Die Sonne schien jeden Tag. Das Wasser war so warm, dass sie oft und lange schwammen. Sie genossen die Zeit in vollen Zügen. Am letzten Tag regte Anna an:»Wir sollten Lars und seine Frau, Julia, über meine Rückkehr informieren.«
»Schon geschehen. Ich habe sie für Sonntag zu Kaffee und Kuchen eingeladen. Dann lernst du auch Ben, unseren Enkel, kennen. Wir kommen Freitagabend zurück. Am Samstag besorgen wir alles, was wir brauchen.«
»Das habe ich gar nicht mitbekommen. Wie und wann hast du ...?«
»Ich habe vorhin eine E-Mail geschickt.«
»Und was haben sie gesagt?«

»Gar nichts. Wir haben ja nicht gesprochen. Aber sie haben sofort begeistert per E-Mail zugestimmt.«

»Immer diese Heimlichkeiten! Das hättest du vorher gut mit mir bereden können.«

»Stimmt. Ich werde mich bessern.«

Der Abschied vom Wörthersee wäre ihnen ohne die Aussicht auf die wiedervereinigte Zukunft schwerer gefallen. Sie wählten für die Rückfahrt die gleiche Route wie auf Papas Anreise. So würde Anna auch die Hotels in Burgen und Schlössern kennenlernen. Am Dienstag übernachteten sie im Schlosshotel am Starnberger See. Die nächste Nacht schliefen sie im Schloss Rothenbuch bei Aschaffenburg. Von dort reisten sie bei gutem Wetter ab. Je weiter sie nach Norden vordrangen, desto mehr verdunkelten Wolken den Himmel. Bei Kassel zwang Nieselregen sie, das Dach zu schließen. Das dämpfte die Lust auf den Umweg zum Dornröschenschloss. Sie rechneten sich aus, wenn sie auf der Autobahn rasen würden, könnten sie abends in Hamburg eintreffen. Deshalb rasteten sie mittags auf einer Autobahnraststätte. Die kantinenartige Abfertigung und das lauwarme, geschmacklose Essen betrübte Papa. Anna tröstete: »Dafür sind wir heute Abend zuhause. Ab morgen koche ich. Das hat dir meistens geschmeckt.«

32

Donnerstagnacht schliefen sie in der vertrauten Wohnung. Wesentliche Veränderung entdeckte Anna nur in Lars ehemaligem Kinderzimmer. Das diente Hans jetzt als Home Office. Einige Vasen und Übertöpfe holte sie am Freitag aus dem Keller, um das Wohnzimmer heimeliger zu dekorieren. Nachmittags brachten sie gemeinsam den Cadillac zurück. Dabei bestaunten sie die anderen Exponate. Mit dem Elch erledigten sie am Samstag den Großeinkauf. Anna war überrascht, wie Edeka und Rewe gewachsen waren, und war enttäuscht, weil der kleine Schlachter und der Obst- und Gemüsehöcker verschwunden waren. Dass der Fischhändler um die Ecke überlebt hatte, erfreute sie umso mehr. Den hatte sie in Südtirol besonders vermisst.

Zeitgleich mit dem Glockenschlag der Kirche klingelte es am Sonntag um 16 Uhr an der Wohnungstür. Sohnemann Lars, Schwiegertochter Julia und Enkel Ben standen vor der Tür. Lars und Julia starrten die Gastgeber verwirrt an. Der kleine Ben grüßte unbefangen:»Hallo Opa.«
Hans beugte den Kopf nach unten und hielt sich die Hand vors Gesicht, um sein Grinsen zu verbergen. Er zitterte vor unterdrücktem Lachen über die verwunderten Blicke. Endlich schaffte er es, halbwegs ernst zu grüßen:»Hallo ihr Lieben. Hereinspaziert.«
Lars stierte Anna fragend an:»Mama, bist du das?«
»Ja mein Sohn.« Anna umarmte ihn.
An Julia gewandt sagte sie, bevor sie sie auch in die Arme schloss:
»Hallo Julia, ich bin Anna.«
Ben schlängelte sich an ihnen vorbei und stürmte ins Wohnzimmer. Gleich darauf tönte aus dem Fernseher eine Fußballspielreportage.

Die Erwachsenen verdrehten die Augen und folgten ihm. Hans schaltete die Flimmerkiste aus. Lars wischte auf seinem Smartphone herum, fand, was er suchte und zeigte es seiner Mutter: »Das schickte uns Papa vor ein paar Tagen.«

Anna las:

Hallo ihr Lieben!

Kommt bitte am Sonntag, den 31. Juli 2016, um 16:00 Uhr zu mir in die Wohnung. Bei Kaffee und Kuchen will ich euch vorstellen, wen ich mitbringe (Foto beigefügt). Mein Beziehungsstatus in Facebook wird sich ändern.

Sonnige Grüße

Euer Hans

U. A. w. g.

Das Foto zeigte Hans Kopf an Kopf mit Natalie. Anna schnappte nach Luft. Hans trampelte vor Vergnügen auf der Stelle.

Lars schnaufte vorwurfsvoll und fragte: »Was sollte das? Wir dachten, du hast eine Minderjährige verführt und entführt.«

Alle starrten Hans an und warteten auf eine Erklärung.

Er feixte: »Ich wollte auch *einmal* in meinem Leben eine Fake News verbreiten. All die Jahre immer nur korrekt Zahlen in amtlichen Steuerformularen zu melden, schrien danach.«

Sein Sohn blickte an die Decke: »Seit du aus der Firma bist, hast du dir schon einige Eskapaden geleistet. Aber diese hat uns echt geschockt und dem Fass die Krone aufgesetzt. Dabei müssten wir dir danken, ist doch das Ende wahrlich ein Segen für die ganze Familie, deine Frau, Julias Schwiegermutter, Bens Oma und meine Mutter wieder daheim.«

Ende

Harald J. Krueger

Das Zittern der Glückspilze

Roman

Im Jahre 2004 explodierte auf dem Flughafen von Málaga eine Bombe. Alle glaubten, die baskische Terrorgruppe ETA stecke dahinter. Die wahren Hintergründe enthüllt dieser Roman.
Verrat, Verfolgung, Entführung und Erpressung bringen selbst Glückspilze zum Zittern. Wo sie sich im magischen Andalusien auch verstecken, die ETA, die Polizei und die Unterwelt bleiben ihnen unerbittlich auf den Fersen.
Achtung: Hochspannung!

ISBN 978-3-84-823030-3

Zeitfracht Medien GmbH
Ferdinand-Jühlke-Straße 7
99095 Erfurt, Deutschland
produktsicherheit@kolibri360.de